祝福

當代大師・經典之作

魯迅◎著

魯迅是中國文壇的巨匠，早年曾經習醫，說不定，也因此影響他後來寫作的態度，下筆如犀利的手術刀，發出閃閃的寒光，且十分精準地一刀見血，毫不保留……

編輯手札

白志柔

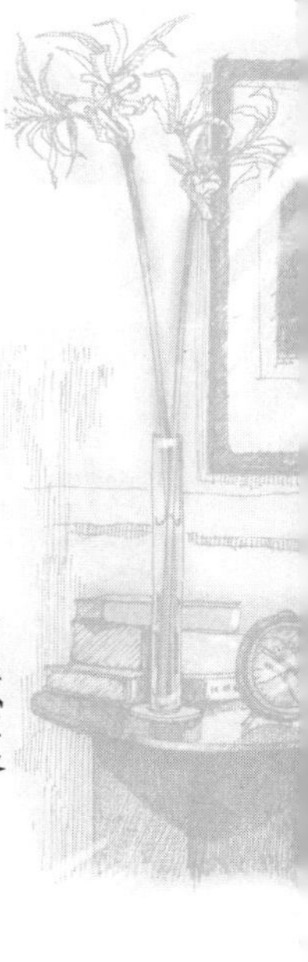

有人說，魯迅筆端遊過的地方，把舊時代人心的鬼窟鼠窩中張貼的蟑螂性子、蒼蠅格調都挖掘了出來。其實他墨汁揮灑，落點何止於一時一地，那滴滴冰凌滲過光陰的窗隙，豈不是早已把各時區的阿Q意念刻鏤出來，分秒不能逃過。

〈肥皂〉裡的四銘滿肚子牢騷，與九公公之輩，把女子學堂的創設當成洪水橫流，視解放、自由為胡鬧，說青年學子們盡喊著新文化、新文化，把道德喊沒了，「再不想點法子來挽救，中國才真個要亡了——」到廣潤祥去買個肥皂，碰上幾個學生也在同一家店裡購物，知道自個兒講價時嚕嗦了些，一眼看去，卻覺得在場的那些學生眼裡盡是譏誚，還說些夾雜著英語的新詞彙，把他胸腔裡鬱出了一窩火。其後，在大街上見到兩個女乞兒，年輕的十八、九歲，討來的飯都給了六、七十歲的老祖母，自己情願餓肚皮。讀者看著四銘細細道來，起先以為他頗富同情心，見那女乞兒左近有人說了不三不四的輕薄之言，義憤之心燃燒起來，覺得他這方面還是可取的。豈料四銘太太一語道破，街上混混之流欺凌苦命人的話：「阿發，你不要看得這貨色髒。你只要去買兩塊肥皂來，咯支咯支遍身洗一洗，好得很哩！」便是這道貌岸然的四銘腹腸裡潛藏的慾念。這麼一來，細心的讀者會想，他或許就為了這點心思，才去買肥皂的。可是，讀者啊！或是你，或是我，若是個男子，難道不會凜凜然，腦子裡驚驚惴惴的，面對魯迅的心理析剖之刀，渾身不自在起來。

再看〈弟兄〉。起初，目及公益局的同事秦益堂為了自己的孩子在家裡的公賬上鬧得不可開交，怒得臉膛緊張，氣喘吁吁，張沛君說，他不解何以自家弟兄要為錢的事斤斤計較。同事們都敬重張沛君，因為他與弟弟「簡直是誰也沒有一點自私自利的心思，這就不容易……」其後，同事汪月生談及：「現在時症流行……」張沛君追問，得悉流行的是猩紅熱，就要同事們幫他請假，急急地趕回家，因為他的弟弟「身熱，大概是受了一點寒……」

通篇小說讀來，張沛君對弟弟靖甫的關切之情溢於言表，應該是出自肺腑的。平日坐人力車時總要算盤子兒在腦子裡過一過，這會兒為了弟弟的病軀，價錢的事就放到一邊去了。回到家，安撫了一下弟弟，立刻喚了夥計打電話到醫院，找普大夫。聽說普大夫不在醫院，張沛君急切裡忽而盼著弟弟的病並不是腥紅熱，又不安心，便找了同一棟公寓裡的中醫白問山，雖然他曾經當著白問山的面，攻擊過好幾回中醫的短處……等等，等等，魯迅信筆寫來，不蔓不支，道盡了張沛君友愛弟弟的好心腸。可是，筆鋒一轉，從後來終於到來的普大夫口中得悉弟弟只是出了疹子，張沛君一面放寬了心，那晚卻是夢魘從他的潛意識裡出來，餵了他好幾鞭子。

夜裡眠過去的只是白日流動的思慮，也許一天中纏住心緒的不安壓得他的胸腑太騷然，黑暗因子就趁隙在他的額葉上挖了好幾口子，奔竄出來，顯露到他的作夢時段。夢裡，弟弟靖甫真的因為腥紅熱死了，他安排了殮葬事宜，還是善盡了身為一個哥哥的責任。意識速變，心術扭了個彎，對自己與弟弟的子女就產生了分別心來。自己的孩子上學去了，弟弟的一雙兒女要跟，他竟心煩起來，而且覺得手裡有了最高的威權和極大的力量，掌風起處，凌虐之魔附著到了身上，姪兒、姪女從此成了受氣包……噩夢如颱風掃過，醒轉過來，背上是冷的，全身倦怠……再去上班時，眼光所至，同事們和平時似乎兩樣了，辦公室裡的東西也變得生疏了……

突兀嗎？似乎有那麼一點：前後情節的銜接，斧鑿之痕太露。但是，當真如此嗎？和風日麗，一向安穩的橋梁突然從中間凹陷，斷了一截；夜氣平和，群星熠耀，孰料地下斷層驟然按捺不住玩心，盤曲起伏，把地面割裂成混沌初起。人心波瀾，升處無由，落處不定，靜定處反倒是特例，拿捏時便顯出高明者慧心獨造，凡常人難以抓牢。

這篇小説，在魯迅的文藝作品中算是較後期的。很可惜他後來一頭悶在雜文裡，為筆仗耗盡文思，否則，由〈弟兄〉開出的新道，必將使他的文學田地燦綠燭天，輝芒北進，與俄羅斯大文豪費道爾．杜斯妥也夫斯基火花相摩。這新道便是心理深挖，性格細剖，把人的內裡展露出來。當然，魯迅沒做，是一件憾事！

目錄

朝發軔于蒼梧兮，夕余至乎縣圃；
欲少留此靈瑣兮，日忽忽其將暮。
吾令羲和弭節兮，望崦嵫而勿迫；
路漫漫其修遠兮，吾將上下而求索。

——屈原：《離騷》

祝福

舊曆的年底畢竟最像年底，村鎮上不必說，就在天空中也顯出將到新年的氣象來。灰白色的沉重的晚雲中間時時發出閃光，接著一聲鈍響，是送灶的爆竹；近處燃放的可就更強烈了，震耳的大音還沒有息，空氣裡已經散滿了幽微的火藥香。我是正在這一夜回到我的故鄉魯鎮的。雖說故鄉，然而已沒有家，所以只得暫寓在魯四老爺的宅子裡。他是我本家，比我長一輩，應該稱之曰「四叔」，是一個講理學的老監生。他比先前並沒有什麼大改變，單是老了些，但也還未留鬍子，一見面是寒暄，寒暄之後說我「胖了」，說我「胖了」之後即大罵其新黨。但我知道，這並非借題在罵我，因爲他所罵的還是康有爲。但是，談話是總不投機的了，於是不多久，我便一個人剩在書房裡。

第二天我起得很遲，午飯之後，出去看了幾個本家和朋友；第三天也照樣。他們也都沒有什麼大改變，單是老了些；家中卻一律忙，都在準備著「祝福」。這是魯鎮年終的大典，致敬盡禮，迎接福神，拜求來年一年中的好運氣的。殺雞、宰鵝、買豬肉，用心細細的洗，女人的臂膊都在水裡浸得通紅，有的還帶著絞絲銀鐲子。煮熟之後，橫七豎八的插些筷子在這類東西上，可就稱爲「福禮」了，五更天陳列起來，並且點上香燭，恭請福神們來享用，拜的卻只限於男人，拜完自然仍然是放爆竹。年年如此，家家如此——只要買得起福禮和爆竹之類的——今年自然也如此。天色愈陰暗了，下午竟下起雪來，雪花大的有梅花那麼大，滿天飛舞，夾著煙靄和忙碌的氣色，將魯鎮亂成一團糟。我回到四叔的書房裡時，瓦楞上已經雪白，房裡也映得較光明，極分明的顯出壁上掛著的朱拓的大「壽」字，陳摶老祖寫的。一邊的對聯已經脫落，鬆鬆的捲了放在長桌上；一邊的還在，道是「事理通達心氣和平」。我又百無聊賴的到窗下的案頭去一翻，只見一堆似乎未必完全的《康熙字典》，一部《近思錄集注》和一部《四書襯》。無論如何，我明天決計要走了。

況且，一想到昨天遇見祥林嫂的事，也就使我不能安住。那是下午，我到鎮的東頭訪過一個朋友，走出來，就在河邊遇見她，而且見她瞪著的眼睛的視線，就知道明明是向我走來的。我這回在魯鎮所見的人們中，改變之大，可以說無過於她的了：五年前的花白的頭髮，即今已經全白，全不像四十上下的人，臉上瘦削不堪，黃中帶黑，而且消盡了先前悲哀的神色，彷彿是木刻似的；只有那眼珠間或一輪，還可以表示她是一個活物。她一手提著竹籃，內中一個破碗，空的；一手拄著一支比她更長的竹竿，下端開了裂。她分明已經純乎是一個乞丐了。

我就站住，預備她來討錢。

「你回來了？」她先這樣問。

「是的。」

「這正好。你是識字的，又是出門人，見識得多。我正要問你一件事——」她那沒有精采的眼睛忽然發光了。

我萬料不到她卻說出這樣的話來，詫異的站著。

「就是——」她走近兩步，放低了聲音，很祕密似的切切的說：「一個人死了之後，究竟有沒有魂靈的？」

我很悚然，見她的眼盯著我的，背上也就遭了芒刺一般，比在學校裡遇到不及預防的臨時考，教師又偏是站在身旁的時候，惶急得多了。對於魂靈的有無，我自己是向來毫不介意的，但在此刻，怎樣回答她好呢？我在極短期的躊躇中，想：這裡的人照例相信鬼，然而她，卻疑惑了——或者不如說希望：希望其有，又希望其無……人何必增添末路的人的苦惱，爲她起見，不如說有罷。

「也許有吧——我想。」我於是吞吞吐吐的說。

「那麼，也就有地獄了？」

「啊！地獄？」我很吃驚，只得支吾著，「地獄？——論理，就該也有——然而也未必……誰來管這等事……」

「那麼，死掉的一家的人，都能見面的？」

「唉唉！見面不見面呢？……」這時我已知道自己也還是完全一個愚人，什麼躊躇，什麼計畫，都擋不住三句問。我即刻膽怯起來了，便想全翻過先前的話來，

「那是……實在，我說不清……其實，究竟有沒有魂靈，我也說不清。」

我乘她不再緊接的問，邁開步便走，匆匆的逃回四叔的家中，心裡很覺得不安逸。自己想，我這答話怕於她有些危險。她大約因為在別人的祝福時候，感到自身的寂寞了，然而會不會含有別的什麼意思的呢？——或者是有了什麼預感了？倘有別的意思，又因此發生別的事，則我的答話委實該負若干的責任……但隨後也就自笑，覺得偶爾的事，本沒有什麼深意義，而我偏要細細推敲，正無怪教育家要說是生著神經病，而況明明說過「說不清」，已經推翻了答話的全局，即使發生什麼事，於我也毫無關係了。

「說不清」是一句極有用的話。不更事的勇敢的少年，往往敢於給人解決疑問，選定醫生，萬一結果不佳，大抵反成了怨府，然而一用這說不清來作結束，便事事逍遙自在了。我在這時，更感到這一句話的必要，即使和討飯的女人說話，也是萬不可省的。

但是我總覺得不安，過了一夜，也仍然時時記憶起來，彷彿懷著什麼不祥的預感。在陰沉的雪天裡，在無聊的書房裡，這不安愈加強烈了。不如走罷，明天進城去。福興樓的清燉魚翅，一元一大盤，價廉物美，現在不知增價了否？往日同遊的朋友，雖然已經雲散，然而魚翅是不可不吃的，即使只有我一個……無論如何，我明天決計要走了。

我因爲常見些但願不如所料，以爲未必竟如所料的事，卻每每恰如所料的起來，所以很恐怕這事也一樣。果然，特別的情形開始了。傍晚，我竟聽到有些人聚在內室裡談話，彷彿議論什麼事似的，但不一會，說話聲也就止了，只有四叔且走而且高聲的說：

「不早不遲，偏偏要在這時候——這就可見是一個謬種！」

我先是詫異，接著是很不安，似乎這話於我有關係。試望門外，誰也沒有。好容易待到晚飯前他們的短工來沖茶，我才得了打聽消息的機會。

「剛才，四老爺和誰生氣呢？」我問。

「還不是和祥林嫂？」那短工簡捷的說。

「祥林嫂？怎麼了？」我又趕緊的問。

「老了。」

「死了？」我的心突然緊縮，幾乎跳起來，臉上大約也變了色。但他始終沒有抬頭，所以全不覺。我也就鎮定了自己，接著問：

「什麼時候死的？」

「什麼時候？——昨天夜裡，或者就是今天罷——我說不清。」

「怎麼死的？」

「怎麼死的？——還不是窮死的？」他淡然的回答，仍然沒有抬頭向我看，出去了。

然而我的驚惶卻不過暫時的事，隨著就覺得要來的事已經過去，並不必仰仗我自己的「說不清」和他之所謂「窮死的」的寬慰，心地已經漸漸輕鬆；不過偶然之間，還似乎有些負疚。晚飯擺出來了，四叔儼然的陪著。我也還想打聽些關於祥林嫂的消息，但知道他雖然讀過「鬼神者二氣之良能也」，而忌諱仍然極多，當臨近祝福時候，是萬不可提起死亡疾病之類的話的；倘不得已，就該用一種替代的隱語，可惜我又不知道，因此屢次想問，而終於中止了。我從他儼然的臉色上，又忽而疑他正以爲我不早不遲，偏要在這時候來打攪他，也是一個謬種，便立刻告訴他明天要離開魯鎮，進城去，趁早放寬了他的心。他也不很留。這樣悶悶的吃完了一餐飯。

冬季日短，又是雪天，夜色早已籠罩了全市鎮。人們都在燈下匆忙，但窗外很寂靜。雪花落在積得厚厚的雪褥上面，聽去似乎瑟瑟有聲，使人更加感得沉寂。我獨坐在發出黃光的菜油燈下，想，這百無聊賴的祥林嫂，被人們棄在塵芥堆中的，看得厭倦了的陳舊的玩物，先前還將形骸露在塵芥裡，從活得有趣的人們看來，恐怕要怪訝她何以還要存在，現在總算被無常打掃得乾乾淨淨了。魂靈的有無，我不知道；然而在現世，則無聊生者不生，即使厭見者不見，爲人爲己，也還都不錯。我靜聽著窗外似乎瑟瑟作響的雪花聲，一面想，反而漸漸的舒暢起來。

然而先前所見所聞的她的半生事蹟的斷片，至此也聯成一片了。

她不是魯鎮人。有一年的冬初，四叔家裡要換女工，做中人的衛老婆子帶她進來了，頭上扎著白頭繩，烏裙，藍夾襖，月白背心，年紀大約二十六七，臉色青黃；但兩頰卻還是紅的。衛老婆子叫她祥林嫂，說是自己母家的鄰舍，死了當家人，所以出來做工了。四叔皺了皺眉，四嬸已經知道了他的意思，是在討厭她是一個寡婦。但看她模樣還周正，手腳都壯大，又只是順著眼，不開一句口，很像一個安分耐勞的人，便不管四叔的皺眉，將她留下了。試工期內，她整天的做，似乎閒著就無聊，又有力，簡直抵得過一個男子，所以第三天就定局，每月工錢五百文。

大家都叫她祥林嫂，沒問她姓什麼，但中人是衛家山人，既說是鄰居，那大概也就姓衛了。她不很愛說話，別人問了才回答，答的也不多。直到十幾天之後，這才陸續的知道她家裡還有嚴厲的婆婆；一個小叔子，十多歲，能打架了。她是春天沒了丈夫的；他本來也打柴爲生，比她小十歲：大家所知道的就只是這一點。

日子很快的過去了，她的做工卻毫沒有懈，食物不論，力氣是不惜的。人們都說魯四老爺家裡雇著了女工，實在比勤快的男人還勤快。到年底，掃塵、洗地、殺雞、宰鵝，徹夜的煮福禮，全是一人擔當，竟沒有添短工。然而她反滿足，口角邊漸漸的有了笑影，臉上也白胖了。

新年才過，她從河邊淘米回來時，忽而失了色，說剛才遠遠地看見一個男人在對岸徘徊，很像夫家的堂伯，恐怕是正爲尋她而來的。四嬸很驚疑，打聽底細，她又不說。四叔一知道，就皺一皺眉，道：

「這不好！恐怕她是逃出來的。」

她誠然是逃出來的，不多久，這推想就證實了。

此後大約十幾天，大家正已漸漸忘卻了先前的事，衛老婆子忽而帶了一個三十多歲的女人進來了，說那是祥林嫂的婆婆。那女人雖是山裡人模樣，然而應酬很從容，說話也能幹，寒暄之後，就賠罪，說她特來叫她的兒媳回家去，因為開春事務忙，而家中只有老的和小的，人手不夠了。

「既是她的婆婆要她回去，那有什麼話可說呢！」四叔說。

於是算清了工錢，一共一千七百五十文，她全存在主人家，一文也還沒有用，便都交給她的婆婆。那女人又取了衣服，道過謝，出去了。其時已經是正午。

「阿呀！米呢？祥林嫂不是去淘米的麼？……」好一會，四嬸這才驚叫起來。她大約有些餓，記得午飯了。

於是大家分頭尋淘籮。她先到廚下，次到堂前，後到臥房，全不見淘籮的影子。四叔踱出門外，也不見，直到河邊，才見平平正正的放在岸上，旁邊還有一株菜。

看見的人報告說，河裡面上午就泊了一隻白篷船，篷是全蓋起來的，不知道什麼人在裡面，但事前也沒有人去理會他。待到祥林嫂出來淘米，剛剛要跪下去，那船裡便突然跳出兩個男人來，像是山裡人，一個抱住她，一個幫著，拖進船去了。祥林嫂還哭喊了幾聲，此後便再沒有什麼聲息，大約給用什麼堵住了吧。接著就走上兩個女人來，一個不認識，一個就是衛婆子。窺探艙裡，不很分明，她像是捆了躺在船板上。

「可惡！然而……」四叔說。

這一天是四嬸自己煮午飯；他們的兒子阿牛燒火。

午飯之後，衛老婆子又來了。

「可惡！」四叔說。

「你是什麼意思？虧你還會再來見我們。」四嬸洗著碗，一見面就憤憤的說：「你自己薦她來，又合夥劫她去，鬧得沸反盈天的，大家看了成個什麼樣子？你拿我們家裡開玩笑麼？」

「阿呀阿呀，我眞上當！我這回，就是爲此特地來說說清楚的。她來求我薦地方，我哪裡料得到是瞞著她的婆婆的呢。對不起，四老爺，四太太。總是我老發昏不小心，對不起主顧。幸而府上是向來寬宏大量，不肯和小人計較的，這回我一定薦一個好的來折罪……」

「然而……」四叔說。

於是祥林嫂事件便告終結，不久也就忘卻了。

只有四嬸，因爲後來雇用的女工大抵非懶即饞，或著饞而且懶，左右不如意，所以也還提起祥林嫂。每當這些時候，她往往自言自語的說：「她現在不知道怎麼樣了？」意思是希望她再來。但到第二年的新正，她也就絕了望。

新正將盡，衛老婆子來拜年了，已經喝得醉醺醺的，自說因爲回了一趟衛家山的娘家，住了幾天所以來得遲了。她們問答之間，自然就談到祥林嫂。

「她麼？」衛老婆子高興的說：「現在是交了好運了。她婆婆來抓她回去的時候是早已許給了賀家墺的賀老六的！所以回家之後不幾天，也就裝在花轎裡抬去了。」

「阿呀，這樣的婆婆……」四嬸驚奇的說。

「阿呀，我的太太！你眞是大戶人家的太太的話。我們山裡人，小戶人家，這算得什麼？她有小叔子，也得娶老婆。不嫁了她，哪有這一注錢來做聘禮？她的婆婆倒是精明強幹的女人呵，很有打算，所以就將她嫁到裡山去。倘許給本村人，財禮就不多，惟獨肯嫁進深山野墺裡去的女人少，所以她就到手了八十千。現在第二個兒子的媳婦也娶進了，財禮只花了五十，除去辦喜事的費用，還剩十多千。嚇！你看，這多麼好打算？……」

「祥林嫂竟肯依？……」

「這有什麼依不依——鬧是誰也總要鬧一鬧的；只要用繩子一捆，塞在花轎裡，抬到男家，捺上花冠，拜堂，關上房門，就完事了。可是祥林嫂眞出格，聽說那時實在鬧得利害，大家還都說大約因為在念書人家做過事，所以與衆不同呢。太太，我們見得多了；回頭人出嫁，哭喊的也有，說要尋死覓活的也有，抬到男家鬧得拜不成天地的也有，連花燭都砸了的也有。祥林嫂可是異乎尋常，他們說她一路只是嚎，罵，抬到賀家墺，喉嚨已經全啞了。拉出轎來，兩個男人和她的小叔子使勁的擒住她也還拜不成天地。他們一不小心，一鬆手，阿呀，阿彌陀佛，她就一頭撞在香案角上，頭上碰了一個大窟窿，鮮血直流，用了兩把香灰，包上兩塊紅布還止不住血呢。直到七手八腳的將她和男人反關在新房裡，還是罵。阿呀呀，這真是……」她搖一搖頭，順下眼睛，不說了。

「後來怎麼樣呢？」四嬸還問。

「聽說第二天也沒有起來。」她抬起眼來說。

「後來呢？」

「後來？——起來了。她到年底就生了一個孩子，男的，新年就兩歲了。我在娘家這幾天，就有人到賀家墺去，回來說看見他們娘兒倆，母親也胖，兒子也胖，上頭又沒有婆婆；男人所有的是力氣，會做活；房子是自家的——唉唉！她真是交了好運了。」

從此之後，四嬸也就不再提起祥林嫂。

但有一年的秋季，大約是得到祥林嫂好運的消息之後的又過了兩個新年，她竟又站在四叔家的堂前了。桌上放著一個荸薺式的圓籃，檐下一個小鋪蓋。她仍然頭上扎著白頭繩，烏裙，藍夾襖，月白背心，臉色青黃，只是兩頰上已經消失了血色，順著眼，眼角上帶些淚痕，眼光也沒有先前那樣精神了。而且仍然是衛老婆子領著，顯出慈悲模樣，絮絮的對四嬸說：

「……這實在是叫作『天有不測風雲』，她的男人是堅實人，誰知道年紀輕輕，就會斷送在傷寒上？本來已經好了的，吃了一碗冷飯，復發了。幸虧有兒子；她又能做，打柴摘茶養蠶都來得，本來還可以守著，誰知道那孩子又會給狼銜去的呢？春天快完了，村上倒反來了狼，誰料到？現在她只剩了一個光身了。大伯來收屋，又趕她。她眞是走投無路了，只好來求老主人。好在她現在已經再沒有什麼牽掛，太太家裡又湊巧要換人，所以我就領她來——我想，熟門熟路，比生手實在好得多……」

「我眞傻，眞的！」祥林嫂抬起她沒有神采的眼睛來，接著說：「我單知道下雪的時候野獸在山墺沒有食吃，會到村裡來；我不知道春天也會有。我一清早起來就開了門，拿小籃盛了一籃豆，叫我們的阿毛坐在門檻上剝豆去。他是很聽話的，我的話句句聽；他出去了。我就在屋後劈柴，淘米，米下了鍋，要蒸豆。我叫阿毛，沒有應，出去一看，只見豆撒得一地，沒有我們的阿毛了。他是不到別家去玩的；各處去一門，果然沒有。我急了，央人出去尋。直到下半天，尋來尋去尋到山墺裡，看見刺柴上掛著一隻他的小鞋。大家都說，怕是遭了狼了。再進去，他果然躺在草窠裡，肚裡的五臟已經都給吃空了，手上還緊緊的捏著那只小籃呢……」她接著但是嗚咽，說不出成句的話來。

四嬸起初還躊躇，待到聽完她自己的話，眼圈就有些紅了。她想了一想，便教拿圓籃和鋪蓋到下房去。衛老婆子彷彿卸了一肩重擔似的噓一口氣。祥林嫂比初來時候神氣舒暢些，不待指引，自己馴熟的安放了鋪蓋。她從此又在魯鎮做女工了。

大家仍然叫她祥林嫂。

然而這回，她的境遇卻改變得非常大。上工之後的兩三天，主人們就覺得她手腳已沒有先前一樣靈活，記性也壞得多，死屍似的臉上又整日沒有笑影，四嬸的口氣上已頗有些不滿了。當她初到的時候，四叔雖然照例皺過眉，但鑒於向來雇用女工之難，也就並不大反對，只是暗暗地告誡四嬸說，這種人雖然似乎很可憐，但是敗壞風俗的，用她幫忙還可以，祭祀時候可用不著她沾手，一切飯菜，只好自己做，否則，不乾不淨，祖宗是不吃的。

四叔家裡最重大的事件是祭祀，祥林嫂先前最忙的時候也就是祭祀，這回她卻清閒了。桌子放在堂中央，繫上桌幃，她還記得照舊的去分配酒杯和筷子。

「祥林嫂，你放著罷！我來擺。」四嬸慌忙的說。

她訕訕的縮了手，又去取燭台。

「祥林嫂，你放著罷！我來拿。」四嬸又慌忙的說。

她轉了幾個圓圈，終於沒有事情做，只得疑惑的走開。她在這一天可做的事是不過坐在灶下燒火。

鎮上的人們也仍然叫她祥林嫂，但音調和先前很不同，也還和她講話，但笑容卻冷冷的了。她全不理會那些事，只是直著眼睛，和大家講她自己日夜不忘的故事。

「我真傻，真的！」她說：「我單知道雪天是野獸在深山裡沒有食吃，全到村裡來；我不知道春天也會有。我一大早起來就開了門，拿小籃盛了一籃豆，叫我們的阿毛坐在門檻上剝豆去。他是很聽話的孩子，我的話句句聽；他出去了。我就在屋後劈柴，淘米，米下了鍋，打算蒸豆。我叫：『阿毛！』沒有應。出去一看，只見豆撒得滿地，沒有我們的阿毛了。各處去一問，都沒有。我急了，央人出去尋。直到下半天，幾個人尋到山坳裡，看見刺柴上掛著一隻他的小鞋。大家都說，怕是遭了狼了。再進去；果然，他躺在草窠裡，肚裡的五臟已經都給吃空了，可憐他手裡還緊緊的捏著那只小籃呢……」她於是淌下眼淚來，聲音也嗚咽了。

這故事倒頗有效，男人聽到這裡，往往斂起笑容，沒趣的走了開去；女人們卻不獨寬恕了她似的，臉上立刻改換了鄙薄的神氣，還要陪出許多眼淚來。有些老女人沒有在街頭聽到她的話，便特意尋來，要聽她這一段悲慘的故事。直到她說到嗚咽，她們也就一齊流下那停在眼角上的眼淚，嘆息一番，滿足的去了，一面還紛紛的評論著。

她就只是反覆的向人說她悲慘的故事，常常引住了三五個人來聽她。但不久，大家也都聽得純熟了，便是最慈悲的念佛的老太太們，眼裡也再不見有一點淚的痕跡。後來全鎮的人們幾乎都能背誦她的話，一聽到就煩厭得頭痛。

「我眞傻，眞的！」她開首說。

「是的，你是單知道雪天野獸在深山裡沒有食吃，才會到村裡來的。」他們立即打斷她的話，走開去了。

她張著口愣愣的站著，直著眼睛看他們，接著也就走了，似乎自己也覺得沒趣。但她還妄想，企圖從別的事，如小籃、豆、別人的孩子上，引出她的阿毛的故事來。倘一看見兩三歲的小孩子，她就說：

「唉唉！我們的阿毛如果還在，也就有這麼大了……」

孩子看見她的眼光就吃驚，牽著母親的衣襟催她走，於是又只剩下她一個，終於沒趣的也走了。後來大家又都知道了她的脾氣，只要有孩子在眼前，便似笑非笑的先問她，道：

「祥林嫂，你們的阿毛如果還在，不是也就有這麼大了麼？」

她未必知道她的悲哀經大家咀嚼賞鑒了許多天，早已成爲渣滓，只值得煩厭和唾棄；但從人們的笑影上，也彷彿覺得這又冷又尖，自己再沒有開口的必要了，她單是一瞥他們，並不回答一句話。

魯鎮永遠是過新年，臘月二十以後就忙起來了。四叔家裡這回須雇男短工，還是忙不過來，另叫柳媽做幫手，殺雞，宰鵝，然而柳媽是善女人，吃素，不殺生的，只肯洗器皿。祥林嫂除燒火之外，沒有別的事，卻閒著了，坐著只看柳媽洗器皿。微雪點點的下來了。

「唉唉，我眞傻！」祥林嫂看了天空，嘆息著，獨語似的說。

「祥林嫂，你又來了。」柳媽不耐煩的看著她的臉，說：「我問你，你額角上的傷疤，不就是那時撞壞的麼？」

「唔唔！」她含糊的回答。

「我問你，你那時怎麼後來竟依了呢？」

「我？」

「你呀！我想，這總是你自己願意了，不然……」

「阿阿，你不知道他力氣多麼大呀！」

「我不信。我不信你這麼大的力氣，眞會拗他不過。你後來一定是自己肯了，倒推說他力氣大。」

「阿阿！你……你倒自己試試看。」她笑了。

柳媽的打皺的臉也笑起來，使她蹙縮得像一個核桃；乾枯的小眼睛一看祥林嫂的額角，又盯住她的眼。祥林嫂似乎很侷促了，立刻斂了笑容，旋轉眼光，自去看雪花。

「祥林嫂，你實在不合算。」柳媽詭祕的說：「再一強，或者索性撞一個死，就好了。現在呢，你和你的第二個男人過活不到兩年，倒落了一件大罪名。你想，你將來到陰司去，那兩個死鬼的男人還要爭，你給了誰好呢？閻羅大王只好把你鋸開來，分給他們。我想，這眞是……」

她臉上就顯出恐怖的神色來。這是在山村裡所未曾知道的。

「我想，你不如及早抵當。你到土地廟裡去捐一條門檻，當作你的替身，給千人踏，萬人跨，贖了這一世的罪名，免得死了去受苦。」

她當時並不回答什麼話，但大約非常苦悶了，第二天早上起來的時候，兩眼上便都圍著大黑圈。早飯之後，她便到鎮的西頭的土地廟裡去求捐門檻。廟祝起初執意不允許，直到她急得流淚，才勉強答應了。價目是大錢十二千。

她久已不和人們交口，因爲阿毛的故事是早被大家厭棄了的，但自從和柳媽談了天，似乎又即傳揚開去，許多人都發生了新趣味，又來逗她說話了。至於題目，那自然是換了一個新樣，專在她額上的傷疤。

「祥林嫂，我問你，你那時怎麼竟肯了？」一個說。

「唉！可惜，白撞了這一下。」一個看著她的疤，應和道。

她大約從他們的笑容和聲調上，也知道是在嘲笑她，所以總是瞪著眼睛，不說一句話，後來連頭也不回了。她整日緊閉了嘴唇，頭上帶著大家以爲恥辱的記號的那傷痕，默默的跑街，掃地，洗菜，掏米。快夠一年，她才從四嬸手裡支取了歷來積存的工錢，換算了十二元鷹洋，請假到鎮的西頭去。但不到一頓飯時候，她便回來，神氣很舒暢，眼光也分外有神，高興似的對四嬸說，自己已經在土地廟捐了門檻了。

冬至的祭祖時節，她做得更出力，看四嬸裝好祭品，和阿牛將桌子抬到堂屋中央，她便坦然的去拿酒杯和筷子。

「妳放著吧，祥林嫂！」四嬸慌忙大聲說。

她像是受了炮烙似的縮手，臉色同時變作灰黑，也不再去取燭台，只是失神的站著。直到四叔上香的時候，教她走開，她才走開。這一回她的變化非常大，第二天，不但眼睛窈陷下去，連精神也更不濟了。而且很膽怯，不獨怕暗夜，怕黑影，即使看見人，雖是自己的主人，也總惴惴的，有如在白天出穴遊行的小鼠；否則呆坐著，直是一個木偶人。不半年，頭髮也花白起來了，記性尤其壞，甚而至於常常忘卻去淘米。

「祥林嫂怎麼這樣了？倒不如那時不留她。」四嬸有時當面就這樣說，似乎是警告她。

然而她總如此，全不見有伶俐起來的希望。他們於是想打發她走了，教她回到衛老婆子那裡去。但當我還在魯鎮的時候，不過單是這樣說，看現在的情況，可見後來終於實行了。然而她是從四叔家出去就成了乞丐的呢？還是先到衛老婆子家然後再成乞丐的呢？那我可不知道。

我給那些因為在近旁而極響的爆竹聲驚醒，看見豆一般大的黃色的燈火光，接著又聽得畢畢剝剝的鞭炮，是四叔家正在「祝福」了；知道已是五更將近時候。我在朦朧中，又隱約聽到遠處的爆竹聲連綿不斷，似乎合成一天音響的濃雲，夾著團團飛舞的雪花，擁抱了全市鎮。我在這繁響的擁抱中，也懶散而且舒適，從白天以至初夜的疑慮，全給祝福的空氣一掃而空了，只覺得天地聖衆歆享了牲醴和香菸，都醉醺醺的在空中蹣跚，預備給魯鎮的人們以無限的幸福。

一九二四年二月七日

在酒樓上

我從北地向東南旅行，繞道訪了我的家鄉，就到S城。這城離我的故鄉不過三十里，坐了小船，小半天可到。我曾在這裡的學校裡當過一年的教員。深冬雪後，風景淒清，懶散和懷舊的心緒聯結起來，我竟暫寓在S城的洛思旅館裡了。這旅館是先前所沒有的。城圈本不大，尋訪了幾個以爲可以會見的舊同事，一個也不在，早不知散到哪裡去了；經過學校的門口，也改換了名稱和模樣，於我很生疏。不到兩個時辰，我的意興早已索然，頗悔此來爲多事了。

我所住的旅館是租房不賣飯的，飯菜必須另外叫來，但又無味，入口如嚼泥土。窗外只有漬痕斑駁的牆壁，帖著枯死的莓苔；上面是鉛色的天，白皚皚的絕無精采，而且微雪又飛舞起來了。我午餐本沒有飽，又沒有可以消遣的事情，便很自然的想到先前有一家很熟識的小酒樓，叫一石居的，算來離旅館並不遠。我於是立即鎖了房門，出街向那酒樓去。其實也無非想姑且逃避客中的無聊，並不專爲買醉。一石居是在的，狹小陰濕的店面和破舊的招牌都依舊；但從掌櫃以至堂倌卻已沒有一個熟人，我在這一石居中也完全成了生客。然而我終於跨上那走熟的屋角的扶梯去了，由此徑到小樓上。上面也依然是五張小板桌；獨有原是木櫺的後窗卻換嵌了玻璃。

「一斤紹酒。——菜？十個油豆腐，辣醬要多！」

我一面說給跟我上來的堂倌聽，一面向後窗走，就在靠窗的一張桌旁坐下了。樓上「空空如也」，任我揀得最好的座位：可以眺望樓下的廢園。這園大概是不屬於酒家的，我先前也曾眺望過許多回，有時也在雪天裡。但現在從慣於北方的眼睛看來，卻很值得驚異了，幾株老梅竟鬥雪開著滿樹的繁花，彷彿毫不以深冬爲意，倒塌的亭子邊還有一棵山茶樹，從暗綠的密葉裡顯出十幾朵紅花來，赫赫的在雪中明得如火，憤怒而且傲慢，如蔑視遊人的甘心於遠行。我這時又忽地想到這裡積雪的滋潤，著物不去，晶瑩有光，不比朔雪的粉一般乾，大風一吹，便飛得滿空如煙霧……

「客人，酒……。」

堂倌懶懶的說著，放下杯、筷、酒壺和碗碟，酒到了。我轉臉向了板桌，排好器具，斟出酒來。覺得北方固不是我的舊鄉，但南來又只能算一個客子，無論那邊的乾雪怎樣紛飛，這裡的柔雪又怎樣的依戀，與我都沒有什麼關係了。我略帶些哀愁，然而很舒服的呷一口酒。酒味很純正，油豆腐也煮得十分好；可惜辣醬太淡薄。本來S城人是不懂得吃辣的。

大概是因爲正在下午的緣故吧，這雖說是酒樓，卻毫無酒樓氣，我已經喝下三杯酒去了，而我以外還是四張空板桌。我看著廢園，漸漸的感到孤獨，但又不願有別的酒客上來。偶然聽得樓梯上腳步響，便不由的有些懊惱，待到看見是堂倌，才又安心了，這樣的又喝了兩杯酒。

我想，這回定是酒客了，因爲聽得那腳步聲比堂倌的要緩得多。約略料他走完了樓梯的時候，我便害怕似的抬頭去看這無干的同伴，同時也就吃驚的站起來。我竟不料在這裡意外的遇見朋友了——假如他現在還許我稱他爲朋友。那上來的分明是我的舊同窗，也是做教員時代的舊同事，面貌雖然頗有些改變，但一見也就認識，獨有行動卻變得格外迂緩，很不像當年敏捷精悍的呂緯甫了。

「阿——緯甫，是你麼？我萬想不到會在這裡遇見你。」

「阿阿！是你？我也萬想不到……」

我就邀他同坐，但他似乎略略躊躇之後，方才坐下來。我起先很以爲奇，接著便有些悲傷，而且不快了。細看他相貌，也還是亂蓬蓬的鬚髮，蒼白的長方臉，然而衰瘦了。精神很沉靜，或者卻是頹唐，又濃又黑的眉毛底下的眼睛也失精采。但當他緩緩的四顧的時候，卻對廢園忽地閃出我在學校時代常常看見的射人的光來。

「我們，」我高興的，然而頗不自然的說：「我們這一別，怕有十年了吧。我早知道你在濟南，可是實在懶得太難，終於沒有寫一封信……」

「彼此都一樣。可是現在我在太原了，已經兩年多，和我的母親。我回來接她的時候，知道你早搬走了，搬得很乾淨。」

「你在太原做什麼呢？」我問。

「教書，在一個同鄉的家裡。」

「這以前呢？」

「這以前麼？」他從衣袋裡掏出一支煙卷來，點了火銜在嘴裡，看著噴出的煙霧，沉思似的說：「無非做了些無聊的事情，等於什麼也沒有做。」

他也問我別後的情況。我一面告訴他一個大概，一面叫堂倌先取杯筷來，使他先喝著我的酒，然後再去添二斤。其間還點菜。我們先前原是毫不客氣的，但此刻卻推讓起來了，終於說不清哪一樣是誰點的，就從堂倌的口頭報告上指定了四樣菜，茴香豆、凍肉、油豆腐、青魚乾。

「我一回來，就想到我可笑。」他一手擎著煙卷，一雙手扶著酒杯，似笑非笑的向我說：「我在少年時，看見蜂子或蠅子停在一個地方，給什麼來一嚇，即刻飛去了，但是飛了一個小圈子，便又回來停在原地點，便以爲這實在很可笑，也可憐。可不料現在我自己也飛回來了，不過繞了一點小圈子。又不料你也回來了。你不能飛得更遠些麼？」

「這難說，大約也不外乎繞點小圈子罷。」我也似笑非笑的說：「但是你爲什麼飛回來的呢？」

「也還是爲了無聊的事。」他一口喝乾了一杯酒，吸幾口煙，眼睛略爲張大了，「無聊的——但是我們就談談吧。」

堂倌搬上新添的酒菜來，排滿了一桌，樓上又添了煙氣和油豆腐的熱氣，彷彿熱鬧起來了，樓外的雪也越加紛紛的下。

「你也許本來知道，」他接著說：「我曾經有一個小兄弟，是三歲上死掉的，就葬在這鄉下。我連他的模樣都記不清楚了，但聽母親說，是一個很可愛念的孩子，和我也很相投，至今她提起來還似乎要下淚。今年春天，一個堂兄就來了一封信，說他的墳邊已經漸漸的浸了水，不久怕要陷入河裡去了，須要趕緊去設法。母親一知道就很著急，幾乎幾夜睡不著——她又自己能看信的。然而我能有什麼法子呢？沒有錢，沒有工夫，當時什麼法也沒有。

「一直挨到現在，趁著年假的閒空，我才得回南給他來遷葬。」他又喝乾一杯酒，看著窗外，說：「這在那邊哪裡能如此呢？積雪裡會有花，雪地下會不凍。就在前天，我在城裡買了一口小棺材——因爲我預料那地下的應該早已朽爛了——帶著棉絮和被褥，雇了四個土工，下鄉遷葬去。我當時忽而很高興，願意掘一回墳，願意一見我那曾經和我很親睦的小兄弟的骨殖。這些事我生平都沒有經歷過。到得墳地，果然，河水只是咬進來，離墳已不到二尺遠。可憐的墳，兩年沒有培土，也平下去了。我站在雪中，決然的指著他對土工說：『掘開來！』我實在是一個庸人，我這時覺得我的聲音有些稀奇，這命令也是一個在我一生中最爲偉大的命令。但土工們卻毫不駭怪，就動手掘下去了。待到掘著壙穴，我便過去看。果然，棺木已經快要爛盡了，只剩下一堆木絲和小木片。我的心顫動著，自去撥開這些，很小心的，要看一看我的小兄弟。然而出乎意外！被褥、衣服、骨骼，什麼也沒有。我想，這些都消盡了。向來聽說最難爛的是頭髮，也許還有吧。我便伏下去，在該是枕頭所在的泥土裡仔仔細細的看。也沒有。蹤影全無！」

我忽而看見他眼圈微紅了，但立即知道是有了酒意。他總不很吃菜，單是把酒不停的喝，早喝了一斤多，神情和舉動都活潑起來，漸近於先前所見的呂緯甫了。我叫堂倌再添二斤酒，然後回轉身，也拿著酒杯，正對面默默的聽著。

「其實，這本已可以不必再遷，只要平了土，賣掉棺材，就此完事了的。我去賣棺材雖然有些離奇，但只要價錢極便宜，原鋪子就許要，至少總可以撈回幾文酒錢來。但我不這樣。我仍然鋪好被褥，用棉花裹了些他先前身體所在的地方的泥土，包起來，裝在新棺材裡，運到我父親埋著的墳地上，在他墳旁埋掉了。因爲外面用磚墎，昨天又忙了我大半天，監工。但這樣總算完結了一件事，足夠去騙騙我的母親，使她安心些——阿阿！你這樣的看我，你怪我何以和先前太不相同了麼？是的，我也還記得我們同到城隍廟裡去拔掉神像的鬍子的時候，連日議論些改革中國的方法以至於打起來的時候。但我現在就是這樣了，敷敷衍衍，模模糊糊。我有時自己也想到，倘若先前的朋友看見我，怕會不認我做朋友了——然而我現在就是這樣。」

他又掏出一支煙卷來，銜在嘴裡，點了火。

「看你的神情，你似乎還有些期望我——我現在自然麻木得多了，但是有些事也還看得出。這使我很感激，然而也使我很不安，怕我終於辜負了至今還對我懷著好意的老朋友……」

他忽而停住了，吸幾口煙，才又慢慢的說：「正在今天，剛在我到這一石居來之前，也就做了一件無聊事，然而也是我自己願意做的。我先前的東邊的鄰居叫長富，是一個船戶。他有一個女兒叫阿順，你那時到我家裡來，也許見過的，但你一定沒有留心，因爲那時她還小。後來她也長得並不好看，不過是平常的瘦瘦的瓜子臉，黃臉皮；獨有眼睛非常大，睫毛也很長，眼白又青得如夜的青天，而且是北方的無風的晴天，這裡的就沒有那麼明淨了。她很能幹，十多歲沒了母親，招呼兩個小弟妹都靠她，又得服侍父親，事事都周到；也經濟，家計倒漸漸的穩當起來了。鄰居幾乎沒有一個不誇獎她；連長富也時常說些感激的話。這一次我動身回來的時候，我的母親又記得她了。老年人記性眞長久。她說她曾經知道順姑因爲看見誰的頭上戴著紅的剪絨花，自己也想有一朵，弄不到，哭了，哭了小半夜，就挨了她父親的一頓打，後來眼眶還紅腫了兩三天。這種剪絨花是外省的東西，S城裡尙且買不出，她哪裡想得到手呢？趁我這一次回南的便，便叫我買兩朵去送她。

「我對於這差使倒並不以爲煩厭，反而很喜歡；爲阿順，我實在還有些願意出力的意思的。前年，我回來接我母親的時候，有一天，長富正在家，不知怎的我和他閒談起來了。他便要請我吃點心，蕎麥粉，並且告訴我所加的是白糖。你想，家裡能有白糖的船戶，可見絕不是一個窮船戶了，所以他也吃得很闊綽。我被勸不過，答應了，但要求只要用小碗。他也很識世故，便囑咐阿順說：『他們文人，是不會吃東西的。你就用小碗，多加糖！』然而等到調好端來的時候，仍然使我吃一嚇：是一大碗，足夠我吃一天。但是和長富吃的一碗比起來，我的也確乎算小碗。我生平沒有吃過蕎麥粉，這回一嘗，實在不可口，卻是非常甜。我漫然的吃了幾口，就想不吃了；然而無意中，忽然間看見阿順遠遠的站在屋角裡，就使我立刻消失了放下碗筷的勇氣。我看她的神情，是害怕而且希望，大約怕自己調得不好，願我們吃得有味。我知道如果剩下大半碗來，一定要使她很失望，而且很抱歉。我於是同時決心，放開喉嚨灌下去了，幾乎吃得和長富一樣快。我由此才知道硬吃的苦痛，我只記得還做孩子時候的吃盡一碗拌著驅除蛔蟲藥粉的沙糖才有這樣難。然而我毫不抱怨，因爲她過來收拾空碗時候的忍著的得意的笑容，已盡夠賠償我的苦痛而有餘了。所以我這一夜雖然飽脹得睡不穩，又做了一大串惡夢，也還是祝贊她一生幸福，願世界爲她變好。然而這些意思也不過是我的那些舊日的夢的痕跡，即刻就自笑，接著也就忘卻了。

「我先前並不知道她曾經爲了一朵剪絨花挨打，但因爲母親一說起，便也記得了蕎麥粉的事，意外的勤快起來了。我先在太原城裡搜求了一遍，都沒有，一直到濟南……」

窗外沙沙的一陣聲響，許多積雪從被他壓彎了的一枝嫩茶樹上滑下去了，樹枝筆挺的伸直，更顯出烏油油的肥葉和血紅的花來。天空的鉛色來得更濃，小鳥雀啾唧的叫著。大概黃昏將近，地面又全罩了雪，尋不出什麼食糧，都趕早回巢來休息了。

「一直到了濟南，」他向窗外看了一回，轉身喝乾一杯酒，又吸幾口煙，接著說：「我才買到剪絨花。我也不知道使她挨打的是不是這一種，總之是絨做的罷了。我也不知道她喜歡深色還是淺色，就買了一朵大紅的，一朵粉紅的，都帶到這裡來。

「就是今天午後，我一吃完飯，便去看長富。我為此特地耽擱了一天。他的家倒還在，只是看去很有些晦氣色了。但這恐怕不過是我自己的感覺。他的兒子和第二個女兒——阿昭，都站在門口，大了。阿昭長得全不像她姊姊，簡直像一個鬼，但是看見我走向她家，便飛奔的逃進屋裡去。我就問那小子，知道長富不在家。

『你的大姊呢?』他立刻瞪起眼睛，連聲問我尋她什麼事，而且惡狠狠的似乎就要撲過來，咬我。我支吾著退走了。我現在是敷敷衍衍……

「你不知道，我可是比先前更怕去訪人了。因爲我已經深知道自己之討厭，連自己也討厭，又何必明知故犯的去使人暗暗地不快呢?然而這回的差使是不能不辦妥的，所以想了一想，終於回到就在斜對門的柴店裡。店主的母親，老發奶奶，倒也還在，面且也還認識我，居然將我邀進店裡坐去了。我們寒暄幾句之後，我就說明了回到S城和尋長富的緣故。不料她嘆息說：

「『可惜順姑沒有福氣戴這剪絨花了。』

「她於是詳細的告訴我，說是『大約從去年春天以來，她就見得黃瘦，後來忽而常常下淚了，問她緣故又不說，有時還整夜的哭，哭得長富也忍不住生氣，罵她年紀大了，發了瘋。可是一到秋初，起先不過小傷風，終於躺倒了，從此就起不來。直到咽氣的前幾天，才肯對長富說，她早就像她母親一樣，不時的吐紅和流夜汗。但是瞞著，怕他因此要擔心。有一夜，她的伯伯長庚又來硬借錢——這是常有的事——她不給，長庚就冷笑著說：你不要驕氣!你的男人比我還不如!她從此就發了愁，又怕羞，不好問，只好哭。長富趕緊將她的男人怎樣的爭氣的話說給她聽，哪裡還來得及？況且她也不信，反而說：好在我已經這樣，什麼也不要緊了。』」

「她還說：『如果她的男人眞比長庚不如，那就眞可怕呵！比不上一個偷雞賊，那是什麼東西呢？然而他來送殮的時候，我是親眼看見他的，衣服很乾淨，人也體面；還眼淚汪汪的說，自已撐了半世小船，苦熬苦省的積起錢來聘了一個女人，偏偏又死掉了。可見他實在是一個好人，長庚說的全是誑。只可惜順姑竟會相信那樣的賊骨頭的誑話，白送了性命──但這也不能去怪誰，只能怪順姑自己沒有這一份好福氣。』」

「那倒也罷，我的事情又完了。但是帶在身邊的兩朵剪絨花怎麼辦呢？好，我就托她送了阿昭。這阿昭一見我就飛跑，大約將我當作一隻狼或是什麼，我實在不願意去送她──但是我也就送她了，對母親只要說阿順見了喜歡的不得了就是。這些無聊的事算什麼？只要模模糊糊。模模糊糊的過了新年，仍舊教我的『子曰詩云』去。」

「你教的是『子曰詩云』麼?」我覺得奇異，便問。

「自然。你還以爲教的是ＡＢＣＤ麼?我先是兩個學生，一個讀《詩經》，一個讀《孟子》。新近又添了一個，女的，讀《女兒經》。連算學也不教。不是我不教，他們不要教。」

「我實在料不到你倒去教這類的書……」

「他們的老子要他們讀這些；我是別人，無乎不可的。這些無聊的事算什麼?只要隨隨便便……」

他滿臉已經通紅，似乎很有些醉，但眼光卻又消沉下去了。我微微的嘆息，一時沒有話可說。樓梯上一陣亂響，擁上幾個酒客來：當頭的是矮子，臃腫的圓臉；第二個是長的，在臉上很惹眼的顯出一個紅鼻子；此後還有人，一疊連的走得小樓都發抖。我轉眼去看呂緯甫，他也正轉眼來看我，我就叫堂倌算酒賬。

「你藉此還可以支持生活麼?」我一面準備走，一面問。

「是的——我每月有二十元，也不大能夠敷衍。」

「那麼，你以後預備怎麼辦呢?」

「以後？——我不知道。你看我們那時預想的事可有一件如意？我現在什麼也不知道，連明天怎樣也不知道，連後一分……」

堂倌送上賬來，交給我。他也不像初到時候的謙虛了，只向我看了一眼，便吸煙，聽憑我付了賬。

我們一同走出店門。他所住的旅館和我的方向正相反，就在門口分別了。我獨自向著自己的旅館走，寒風和雪片撲在臉上，倒覺得很爽快。見天色已是黃昏，和屋宇和街道都織在密雪的純白而不定的羅網裡。

一九二四年二月十六日。

傷逝

——涓生的手記

如果我能夠，我要寫下我的悔恨和悲哀，爲子君，爲自己。

會館裡的被遺忘在偏僻裡的破屋是這樣地寂靜和空虛。時光過得眞快，我愛子君，仗著她逃出這寂靜和空虛，已經滿一年了。事情又這麼不湊巧，我重來時，偏偏空著的又只有這一間屋。依然是這樣的破窗，這樣的窗外的半枯的槐樹和老紫藤，這樣的窗前的方桌，這樣的敗壁，這樣的靠壁的板床。深夜中獨自躺在床上，就如我未曾和子君同居以前一般，過去一年中的時光全被消滅，全未有過，我並沒有曾經從這破屋子搬出，在吉兆胡同創立了滿懷希望的小小的家庭。

不但如此。在一年之前，這寂靜和空虛是並不這樣的，常常含著期待：期待子君的到來。在久待的焦躁中，一聽到皮鞋的高底尖觸著磚路的清響，是怎樣地使我驟然生動起來呵！於是就看見帶著笑窩的蒼白的圓臉，蒼白的瘦的臂膊，布的有條紋的衫子，玄色的裙。她又帶了窗外的半枯的槐樹的新葉來，使我看見，還有掛在鐵似的老幹上的一房一房的紫白的藤花。

然而現在呢，只有寂靜和空虛依舊，子君卻絕不再來了，而且永遠，永遠地！……

子君不在我這破屋裡時，我什麼也看不見。在百無聊賴中，隨手抓過一本書來，科學也好，文學也好，橫豎什麼都一樣；看下去，看下去，忽而自己覺得，已經翻了十多頁了，但是毫不記得書上所說的事。只是耳朵卻分外地靈，彷彿聽到大門外一切往來的履聲，從中便有子君的，而且橐橐地逐漸臨近——但是，往往又逐漸渺茫，終於消失在別的步聲的雜沓中了。我憎惡那不像子君鞋聲的穿布底鞋的長班的兒子，我憎惡那太像子君鞋聲的常常穿著新皮鞋的鄰院的搽雪花膏的小東西！

莫非她翻了車麼？莫非她被電車撞傷了麼……

我便要取了帽子去看她，然而她的胞叔就曾經當面罵看我。

驀然，她的鞋聲近來了，一步響於一步，迎出去時，卻已經走過紫藤棚下，臉上帶著微笑的酒窩。她在她叔子的家裡大約並未受氣。我的心寧帖了，默默地相視片時之後，破屋裡便漸漸充滿了我的語聲，談家庭專制，談打破舊習慣，談男女平等，談伊孛生（一般譯作：易卜生。挪威的戲劇作家），談泰戈爾，談雪萊……她總是微笑點頭，兩眼裡彌漫著稚氣的好奇的光澤。壁上就釘著一張銅板的雪萊半身像，是從雜誌上裁下來的，是他的最美的一張像。當我指給她看時，她卻只草草一看，便低了頭，似乎不好意思了。這些地方，子君就大概還未脫盡舊思想的束縛——我後來也想，倒不如換一張雪萊淹死在海裡的紀念像或是伊孛生的罷，但也終於沒有換，現在是連這一張也不知哪裡去了。

「我是我自己的，他們誰也沒有干涉我的權利！」

這是我們交際了半年，又談起她在這裡的胞叔和在家的父親時，她默想了一會之後，分明地，堅決地，沉靜地說了出來的話。其時是我已經說盡了我的意見，我的身世，我的缺點，很少隱瞞，她也完全了解的了。這幾句話很震動了我的靈魂，此後許多天還在耳中發響，而且說不出的狂喜，知道中國女性並不如厭世家所說那樣的無法可施，在不遠的將來，便要看見輝煌的曙色的。

送她出門，照例是相離十多步遠；照例是那鯰魚鬚的老東西的臉又緊帖在髒的窗玻璃上了，連鼻尖都擠成一個小平面；到外院，照例又是明晃晃的玻璃窗裡的那小東西的臉，加厚的雪花膏。她目不斜視地驕傲地走了，沒有看見；我驕傲地回來。

「我是我自己的，他們誰也沒有干涉我的權利！」這徹底的思想就在她的腦裡，比我還透澈，堅強得多。半瓶雪花膏和鼻尖的小平面，於她能算什麼東西呢？

我已經記不清那時怎樣地將我的純眞熱烈的愛表示給她。豈但現在，那時的事後便已模糊，夜間回想，早只剩了一些斷片了；同居以後一兩月，便連這些斷片也化作無可追蹤的夢影。我只記得那時以前的十幾天，曾經很仔細地研究過表示的態度，排列過措辭的先後，以及倘或遭了拒絕以後的情形。可是臨時似乎都無用，在慌張中，身不由己地竟用了在電影上見過的方法了。後來一想到，就使我很愧恧，但在記憶上卻偏只有這點永遠留遺，至今還如暗室的孤燈一般，照見我含淚握著她的手，一條腿跪了下去。

不但我自己的，便是子君的言語舉動，我那時就沒有看得分明；僅知道她已經允許我了。但也還彷彿記得她臉色變成青白，後來又漸漸轉作緋紅——沒有見過，也沒有再見的緋紅；孩子似的眼裡射出悲喜，但是夾著驚疑的光，雖然力避我的視線，張皇地似乎要破窗飛去。然而我知道她已經允許我了，沒有知道她怎樣說或是沒有說。

她卻是什麼都記得：我的言辭，竟至於讀熟了的一般，能夠滔滔背誦，我的舉動，就如有一張我所看不見的影片打在眼下，敘述得如生，很細微，自然連那時我不願再想的淺薄的電影的一閃。夜闌人靜，是相對溫習的時候了，我常是被質問，被考驗，並且被命覆述當時的言語。然而常須由她補足，由她糾正，像一個丁等的學生。

這溫習後來也漸漸稀疏起來。但我只要看見她兩眼注視空中，出神似的凝想著，於是神色越加柔和，笑窩也深下去，便知道她又在自修舊課了，只是我很怕她看到我那可笑的電影的一閃。但我又知道，她一定要看見，而且也非看不可的。

然而她並不覺得可笑。即使我自己以爲可笑，甚而至於可鄙的，她也毫不以爲可笑。這事我知道得很清楚，因爲她愛我，是這樣地熱烈，這樣地純眞。

去年的暮春是最爲幸福，也是最爲忙碌的時光。我的心平靜下去了，但又有別一部分和身體一同忙碌起來。我們這時才在路上同行，也到過幾回公園，最多的是尋住所。我覺得在路上時時遇到探索、譏笑、猥褻和輕蔑的眼光，一不小心，便使我的全身有些瑟縮，只得即刻提起我的驕傲和反抗來支持。她卻是大無畏的，對於這些全不關心，只是鎭靜地緩緩前行，坦然如入無人之境。

尋住所實在不是容易事，大半是被托辭拒絕，小半是我們以爲不相宜。起先我們選擇得很苛酷——也非苛酷，因爲看去大抵不像是我們的安身之所；後來，便只要他們能相容了。看了二十多處，這才得到可以暫且敷衍的處所，是吉兆胡同一所小屋裡的兩間南屋；主人是一個小官，然而倒是明白人，自住著正屋和廂房。他只有夫人和一個不到周歲的女孩子，雇一個鄉下的女工，只要孩子不啼哭，是極其安閒幽靜的。

我們的家具很簡單，但已經用去了我的籌來的款子的大半，子君還賣掉了她唯一的金戒指和耳環。我攔阻她，還是定要賣，我也就不再堅持下去了。我知道不給她加入一點股分去，她是住不舒服的。

和她的叔子，她早經鬧開，至於使他氣憤到不再認她做侄女，我也陸續和幾個自以爲忠告，其實是替我膽怯，或者竟是嫉妒的朋友絕了交。然而這倒很清靜。每日辦公散後，雖然已近黃昏，車夫又一定走得這樣慢，但究竟還有二人相對的時候。我們先是沉默的相視，接著是放懷而親密的交談，後來又是沉默。大家低頭沉思著，卻並未想著什麼事。我也漸漸清醒地讀遍了她的身體，她的靈魂，不過三星期，我似乎於她已經更加了解，揭去許多先前以爲了解而現在看來卻是隔膜，即所謂眞的隔膜了。

子君也逐日活潑起來。但她並不愛花，我在廟會時買來的兩盆小草花，四天不澆，枯死在壁角了，我又沒有照顧一切的閒暇。然而她愛動物，也許是從官太太那裡傳染的罷，不一月，我們的眷屬便驟然加得很多，四隻小油雞，在小院子裡和房主人的十多隻在一同走。但她們卻認識雞的相貌，各知道哪一隻是自家的。還有一隻花白的叭兒狗，從廟會買來，記得似乎原有名字，子君卻給牠另起了一個，叫作阿隨。我就叫牠阿隨，但我不喜歡這名字。

這是眞的，愛情必須時時更新，生長，創造。我和子君說起這，她也領會地點點頭。

唉唉！那是怎樣的寧靜而幸福的夜呵！

安寧和幸福是要凝固的，永久是這樣的安寧和幸福。我們在會館裡時，還偶有議論的衝突和意思的誤會，自從到吉兆胡同以來，連這一點也沒有了，我們只在燈下對坐的懷舊譚中，回味那時衝突以後的和解的重生一般的樂趣。

子君竟胖了起來，臉色也紅活了；可惜的是忙。管了家務便連談天的工夫也沒有，何況讀書和散步。我們常說，我們總還得雇一個女工。

這就使我也一樣地不快活。傍晚回來，常見她包藏著不快活的顏色，尤其使我不樂的是她要裝作勉強的笑容。幸而探聽出來了，也還是和那小官太太的暗鬥，導火線便是兩家的小油雞。但又何必硬不告訴我呢？人總該有一個獨立的家庭。這樣的處所，是不能居住的。

我的路也鑄定了，每星期中的六天，是由家到局，又由局到家。在局裡便坐在辦公桌前抄，抄，抄些公文和信件；在家裡是和她相對或幫她生白爐子，煮飯，蒸饅頭。我的學會了煮飯，就在這時候。

但我的食品卻比在會館裡時好得多了。做菜雖不是子君的特長，然而她於此卻傾注著全力，對於她的日夜的操心，使我也不能不一同操心，來算作分甘共苦。況且她又這樣地終日汗流滿面，短髮都粘在腦額上，兩隻手又只是這樣地粗糙起來。

況且還要飼阿隨，飼油雞……都是非她不可的工作。

我曾經忠告她：我不吃，倒也罷了，卻萬不可這樣地操勞。她只看了我一眼，不開口，神色卻似乎有點淒然；我也只好不開口。然而她還是這樣地操勞。

我所預期的打擊果然到來。雙十節的前一晚，我呆坐著，她在洗碗。聽到打門聲，我去開門時，是局裡的信差，交給我一張油印的紙條，我就有些料到了；到燈下去一看，果然，印著的就是：

> 奉
> 局長諭史涓生著毋庸到局辦事
> 祕書處啟　十月九號

這在會館裡時，我就早已料到了。那雪花膏便是局長的兒子的賭友，一定要去添些謠言，設法報告的。到現在才發生效驗，已經要算是很晚的了。其實這在我不能算是一個打擊，因為我早就決定，可以給別人去抄寫，或者教讀，或者雖然費力，也還可以譯點書，況且《自由之友》的總編輯便是見過幾次的熟人，兩月前還通過信。但我的心卻跳躍著，那麼一個無畏的子君也變了色，尤其使我痛心。她近來似乎也較為怯弱了。

「那算什麼。哼！我們幹新的。我們……」她說。

她的話沒有說完；不知怎地，那聲音在我聽去卻只是浮浮的；燈光也覺得格外黯淡。人們眞是可笑的動物，一點極微末的小事情，便會受著很深的影響。我們先是默默地相視，逐漸商量起來，終於決定將現有的錢竭力節省，一面登「小廣告」去尋求抄寫和教讀，一面寫信給《自由之友》的總編輯，說明我目下的遭遇，請他收用我的譯本，給我幫一點艱辛時候的忙。

「說做，就做吧！來開一條新的路！」

我立刻轉身向了書案，推開盛香油的瓶子和醋碟，子君便送過那黯淡的燈來。我先擬廣告；其次是選定可譯的書，遷移以來未曾翻閱過，每本的頭上都滿漫著灰塵了；最後才寫信。

我很費躊躇，不知道怎樣措辭好。當停筆凝思的時候，轉眼去，瞥她的臉，在昏暗的燈光下，又很見得淒然。我眞不料這樣微細的小事情，竟會給堅決的、無畏的子君以這麼顯著的變化。她近來實在變得很怯弱了，但也並不是今夜才開始的。我的心因此更繚亂，忽然有安寧的生活的影像——會館裡的破屋的寂靜在眼前一閃，剛剛想定睛凝視，卻又看見了昏暗的燈光。

許久之後，信也寫成了，是一封頗長的信；很覺得疲勞，彷彿近來自已也較爲怯弱了。於是我們決定，廣告和發信，就在明日一同實行。大家不約而同地伸直了腰肢，在無言中，似乎又都感到彼此的堅忍倔強的精神，還看見重新萌芽起來的將來的希望。

外來的打擊其實倒是振作了我們的新精神。局裡的生活，原如鳥販子手裡的禽鳥一般，僅有一點小米維繫殘生，絕不會肥胖；日子一久，只落得麻痺了翅子，即使放出籠外，早已不能奮飛。現在總算脫出這牢籠了，我從此要在新的開闊的天空中翱翔，趁我還未忘卻了我的翅子的扇動。

小廣告是一時自然不會發生效力的。但譯書也不是容易事，先前看過，以爲已經懂得的，一動手，卻疑難百出了，進行得很慢。然而我決計努力地做，一本半新的字典，不到半月，邊上便有了一大片烏黑的指痕，這就證明著我的工作的切實。《自由之友》的總編輯曾經說過，他的刊物是絕不會埋沒好稿子的。

可惜的是我沒有一間靜室。子君又沒有先前那麼幽靜，善於體貼了，屋子裡總是散亂著碗碟，彌漫著煤煙，使人不能安心做事。但是這自然還只能怨我自己無力置一間書齋。然而又加以阿隨，加以油雞們。加以油雞們又大起來了，更容易成爲兩家爭吵的引線。

加以每日的「川流不息」的吃飯；子君的功業，彷彿就完全建立在這吃飯中。吃了籌錢，籌來吃飯，還要餵阿隨，飼油雞。她似乎將先前所知道的全都忘掉了，也不想到我的構思就常常爲了這催促吃飯而打斷。即使在座中給看一點怒色，她總是不改變，仍然毫無感觸似的大嚼起來。

使她明白了我的工作不能受規定的吃飯的束縛，就費去五星期。她明白之後，大約很不高興罷，可是沒有說。我的工作果然從此較爲迅速地進行，不久就共譯了五萬言，只要潤色一回，便可以和做好的兩篇小品，一同寄給《自由之友》去。只是吃飯卻依然給我苦惱。菜冷，是無妨的，然而竟不夠；有時連飯也不夠，雖然我因爲終日坐在家裡用腦，飯量已經比先前要減少得多。這是先去餵了阿隨了，有時還併那近來連自己也輕易不吃的羊肉。她說，阿隨實在瘦得太可憐，房東太太還因此嗤笑我們了，她受不住這樣的奚落。

於是吃我殘飯的便只有油雞們。這是我積久才看出來的，但同時也如赫胥黎（英國生物學家）的論定「人類在宇宙間的位置」一般，自覺了我在這裡的位置：不過是叭兒狗和油雞之間。

後來，經多次的抗爭和催逼，油雞們也逐漸成爲肴饌，我們和阿隨都享用了十多日的鮮肥；可是其實都很瘦，因爲牠們早已每日只能得到幾粒高粱了。從此便清靜得多。只有子君很頹唐，似乎常覺得淒苦和無聊，至於不大願意開口。我想，人是多麼容易改變呵！

但是阿隨也將留不住了。我們已經不能再希望從什麼地方會有來信，子君也早沒有一點食物可以引牠打拱或直立起來。冬季又逼近得這麼快，火爐就要成爲很大的問題，牠的食量，在我們其實早是一個極易覺得的很重的負擔。於是連牠也留不住了。

倘使插了草標到廟市去出賣，也許能得幾文錢罷。然而我們都不能，也不願這樣做。終於是用包袱蒙著頭，由我帶到西郊去放掉了；還要追上來，便推在一個並不很深的土坑裡。

我一回寓，覺得又清靜得多多了；但子君的淒慘的神色，卻使我很吃驚。那是沒有見過的神色，自然是為阿隨。但又何至於此呢？我還沒有說起推在土坑裡的事。

到夜間，在她的淒慘的神色中，加上冰冷的分子了。

「奇怪──子君，你怎麼今天這樣兒了？」我忍不住問。

「什麼？」她連看也不看我。

「你的臉色……」

「沒有什麼──什麼也沒有。」

我終於從她言動上看出，她大概已經認定我是一個狠心的人。其實，我一個人，是容易生活的，雖然因為驕傲，向來不與世交來往，遷居以後，也疏遠了所有舊識的人，然而只要能遠走高飛，生路還寬廣得很。現在忍受著這生活壓迫的苦痛，大半倒是為她，便是放掉阿隨，也何嘗不如此；但子君的識見卻似乎只是淺薄起來，竟至於連這一點也想不到了。

我揀了一個機會，將這些道理暗示她。她領會似的點頭。然而看她後來的情形，她是沒有懂，或者是並不相信的。

天氣的冷和神情的冷，逼迫我不能在家庭中安身。但是往哪裡去呢？大道上，公園裡，雖然沒有冰冷的神情，冷風究竟也刺得人皮膚欲裂。我終於在通俗圖書館裡覓得了我的天堂。

那裡無須買票，閱書室裡又裝著兩個鐵火爐。縱使不過是燒著不死不活的煤的火爐，但單是看見裝著它，精神上也就總覺得有些溫暖。書卻無可看：舊的陳腐，新的是幾乎沒有的。

好在我到那裡去也並非爲看書。另外時常還有幾個人，多則十餘人，都是單薄衣裳，正如我，各人看各人的書，作爲取暖的口實。這於我尤爲合適。道路上容易遇見熟人，得到輕蔑的一瞥，但此地卻絕無那樣的橫禍，因爲他們是永遠圍在別的鐵爐旁，或者靠在自家的白爐邊的。

那裡雖然沒有書給我看，卻還有安閒容得我想。待到孤身枯坐，回憶從前，這才覺得大半年來，只爲了愛——盲目的愛——而將別的人生的要義全盤疏忽了。第一，便是生活。人必生活著，愛才有所附麗。世界上並非沒有爲了奮鬥者而開的活路，我也還未忘卻翅子的扇動，雖然比先前已經頹唐得多……

屋子和讀者漸漸消失了，我看見怒濤中的漁夫，戰壕中的兵士，摩托車（那時的小汽車）中的貴人，洋場上的投機家，深山密林中的豪傑，講台上的教授，昏夜的運動者和深夜的偷兒……子君——不在近旁。她的勇氣都失掉了，只爲著阿隨悲憤，爲著做飯出神，然而奇怪的是倒也並不怎樣瘦損……

冷了起來，火爐裡的不死不活的幾片硬煤也終於燒盡了，已是閉館的時候。又須回到吉兆胡同，領略冰冷的顏色了。近來也間或遇到溫暖的神情，但這卻反而增加我的苦痛。記得有一夜，子君的眼裡忽而又發出久已不見的稚氣的光來，笑著和我談到還在會館時候的情形，時時又很帶些恐怖的神色。我知道我近來的超過她的冷漠，已經引起她的憂疑來，只得也勉力談笑，想給她一點慰藉。然而我的笑貌一上臉，我的話一出口，卻即刻變爲空虛，這空虛又即刻發生反響。回向我的耳目裡，給我一個難堪的冷嘲。

子君似乎也覺得的，從此便失掉了她往常的麻木似的鎮靜，雖然竭力掩飾，總還是時時露出憂疑的神色來，但對我卻溫和得多了。

我要明告她，但我還沒有敢，當決心要說的時候，看見她孩子一般的眼色，就使我只得暫且改作勉強的歡容。但是這又即刻來冷嘲我，並使我失卻那冷漠的鎮靜。

她從此又開始了往事的溫習和新的考驗，逼我做出許多虛僞的溫存的答案來，將溫存示給她，虛僞的草稿便寫在自己的心上。我的心漸被這些草稿填滿了，常覺得難於呼吸。我在苦惱中常常想，說眞實自然須有極大的勇氣的；假如沒有這勇氣，而苟安於虛僞，那也便是不能開闢新的生路的人。不獨不是這個，連這人也未嘗有！

子君有怨色，在早晨，極冷的早晨，這是從未見過的，但也許是從我看來的怨色。我那時冷冷地氣憤和暗笑了：她所磨練的思想和豁達無畏的言論，到底也還是一個空虛，而對於這空虛卻並未自覺。她早已什麼書也不看，已不知道人的生活的第一著是求生，向著這求生的道路，是必須攜手同行，或奮身孤往的了；倘使只知道搥著一個人的衣角，那便是雖戰士也難於戰鬥，只得一同滅亡。

我覺得新的希望就只在我們的分離。她應該決然捨去——我也突然想到她的死。然而立刻自責，懺悔了。幸而是早晨，時間正多，我可以說我的眞實。我們的新的道路的開闢，便在這一遭。

我和她閒談，故意地引起我們的往事，提到文藝，於是涉及外國的文人，文人的作品：《諾拉》、《海的女人》（易卜生的劇作）。稱揚諾拉的果決……也還是去年在會館的破屋裡講過的那些話，但現在已經變成空虛，從我的嘴傳入自己的耳中，時時疑心有一個隱形的壞孩子在背後惡意地刻毒地學舌。

她還是點頭答應著傾聽，後來沉默了。我也就斷續地說完了我的話，連餘音都消失在虛空中了。

「是的。」她又沉默了一會，說：「但是……涓生，我覺得你近來很兩樣了。可是的？你——你老實告訴我，」

我覺得這似乎給了我當頭一擊，但也立即定了神，說出我的意見和主張來：新的路的開闢，新的生活的再造，爲的是免得一同滅亡。

臨末，我用了十分的決心，加上這幾句話：

「……況且你已經可以無須顧慮，勇往直前了。你要我老實說；是的，人是不該虛僞的。我老實說罷：因爲，因爲我已經不愛你了！但這於你倒好得多，因爲你更可以毫無掛念地做事……」

我同時預期著大的變故的到來——然而只有沉默。她臉色陡然變成灰黃，死了似的；瞬間便又蘇生，眼裡也發了稚氣的閃閃的光澤。這眼光射向四處，正如孩子在飢渴中尋求著慈愛的母親，但只在空中尋求，恐怖地迴避著我的眼。

我不能看下去了。幸而是早晨，我冒著寒風，逕奔通俗圖書館。

在那裡看見《自由之友》，我的小品文都登出了。這使我一驚，彷彿得了一點生氣。我想，生活的路還很多——但是，現在這樣也還是不行的。

我開始去訪問久已不相聞問的熟人，但這也不過一兩次；他們的屋子自然是暖和的，我在骨髓中卻覺得寒冽。夜間，便蜷伏在比冰還冷的冷屋中。

冰的針刺著我的靈魂，使我永遠苦於麻木的疼痛。生活的路還很多，我也還沒有忘卻翅子的扇動，我想——我突然想到她的死，然而立刻自責，懺悔了。

在通俗圖書館裡往往瞥見一閃的光明，新的生路橫在前面。她勇猛地覺悟了，毅然走出這冰冷的家，而且——毫無怨恨的神色。我便輕如行雲，漂浮空際，上有蔚藍的天，下是深山大海，廣廈高樓，戰場，摩托車，洋場，公館，晴明的鬧市，黑暗的夜……

而且，真的，我預感得這新生面便要來到了。

我們總算度過了極難忍受的冬天，這北京的冬天；就如蜻蜓落在惡作劇的壞孩子的手裡一般，被繫著細線，盡情玩弄，虐待，雖然幸而沒有送掉性命，結果也還是躺在地上，只爭著一個遲早之間。

寫給《自由之友》的總編輯已經有三封信，這才得到回信，信封裡只有兩張書券：兩角的和三角的。我卻單是催，就用了九分的郵票。一天的飢餓，又都白挨給於已一無所得的空虛了。

然而覺得要來的事，卻終於來到了。

這是冬春之交的事，風已沒有這麼冷，我也更久地在外面徘徊，待到回家，大概已經昏黑。就在這樣一個昏黑的晚上，我照常沒精打采地回來，一看見寓所的門，也照常更加喪氣，使腳步放得更緩。但終於走進自己的屋子裡了。沒有燈火；摸火柴點起來時，是異樣的寂寞和空虛！

正在錯愕中，官太太使到窗外來叫我出去。

「今天子君的父親來到這裡，將她接回去了。」她很簡單地說。

這似乎又不是意料中的事，我便如腦後受了一擊，無言地站著。

「她去了麼？」過了些時，我只問出這樣一句話。

「她去了。」

「她——她可說什麼？」

「沒說什麼。單是托我見你回來時告訴你，說她去了。」

我不信；但是屋子裡是異樣的寂寞和空虛。我遍看各處，尋覓子君，只見幾件破舊而黯淡的家具，都顯得極其清疏，在證明著它們毫無隱匿一人一物的能力。我轉念尋信或她留下的字跡，也沒有；只是鹽和乾辣椒、麵粉、半株白菜，卻聚集在一處了，旁邊還有幾十枚銅元。這是我們兩人生活材料的全副，現在她就鄭重地將這留給我一個人，在不言中，教我藉此去維持較久的生活。

我似乎被周圍所排擠，奔到院子中間，有昏黑在我的周圍；正屋的紙窗上映出明亮的燈光，他們正在逗著孩子玩笑，我的心也沉靜下來，覺得在沉重的迫壓中，漸漸隱約地現出脫走的路徑：深山大澤，洋場，電燈下的盛筵，壕溝，最黑最黑的深夜，利刃的一擊，毫無聲響的腳步……

心地有些輕鬆，舒展了，想到旅費，並且噓一口氣。

躺著，在合著的眼前經過的預想的前途，不到半夜已經現盡；暗中忽然彷彿看見一堆食物，這之後，便浮出一個子君的灰黃的臉來，睜了孩子氣的眼睛，懇托似的看著我。我一定神，什麼也沒有了。

但我的心卻又覺得沉重。我爲什麼偏不忍耐幾天，要這樣急急地告訴她眞話的？現在她知道，她以後所有的只是她父親——兒女的債主——的烈日一般的嚴威和旁人的賽過冰霜的冷眼。此外便是虛空。負著虛空的重擔，在嚴威和冷眼中走著所謂人生的路，這是怎麼可怕的事呵！而況這路的盡頭，又不過是——連墓碑也沒有的墳墓。

我不應該將眞實說給子君！我們相愛過，我應該永久奉獻她我的說謊。如果眞實可以寶貴，這在子君就不該是一個沉重的空虛。謊語當然也是一個空虛，然而臨末，至多也不過這樣地沉重。

我以爲將眞實說給子君，她便可以毫無顧慮，堅決地毅然前行，一如我們將要同居時那樣。但這恐怕是我錯誤了。她當時的勇敢和無畏是因爲愛。

我沒有負著虛僞的重擔的勇氣，卻將眞實的重擔卸給她了。她愛我之後，就要負了這重擔，在嚴威和冷眼中走著所謂人生的路。

我想到她的死……我看見我是一個卑怯者，應該被擯於強有力的人們，無論是眞實者、虛僞者。然而她卻自始至終，還希望我維持較久的生活……

我要離開吉兆胡同。在這裡是異樣的空虛和寂寞。我想，只要離開這裡，子君便如還在我的身邊；至少，也如還在城中，有一天，將要出乎意表地訪我，像住在會館時候似的。

然而一切請托和書信，都是一無反響；我不得已，只好訪問一個久不問候的世交去了。他是我伯父的幼年的同窗，以正經出名的拔貢，寓京很久，交遊也廣闊的。

大概因爲衣服的破舊罷，一登門便很遭門房的白眼。好容易才相見，也還相識，但是很冷落。我們的往事，他全都知道了。

「自然，你也不能在這裡了。」他聽了我托他在別處覓事之後，冷冷地說：「但哪裡去呢？很難——你那，什麼呢，你的朋友罷，子君，你可知道，她死了。」

我驚得沒有話。

「眞的？」我終於不自覺地問。

「哈哈！自然眞的。我家的王升的家，就和她家同村。」

「但是——不知道是怎麼死的？」

「誰知道呢！總之是死了就是了。」

我已經忘卻了怎樣辭別他，回到自己的寓所。我知道他是不說謊話的，子君總不會再來的了，像去年那樣。她雖是想在嚴威和冷眼中負著虛空的重擔來走所謂人生的路，也已經不能。她的命運，已經決定她在我所給與的眞實——無愛的人間死滅了！

自然，我不能在這裡了。但是，「哪裡去呢？」

四圍是廣大的空虛，還有死的寂靜。死於無愛的人們的眼前的黑暗，我彷彿看見，還聽得一切苦悶和絕望的掙扎的聲音。

我還期待著新的東西到來，無名的，意外的。但一天一天，無非是死的寂靜。

我比先前已經不大出門，只坐臥在廣大的空虛裡，一任這死的寂靜侵蝕著我的靈魂。死的寂靜有時也自己戰慄，自己退藏，於是在這絕續之交，便閃出無名的，意外的，新的期待。

一天是陰沉的上午，太陽還不能從雲裡面掙扎出來，連空氣都疲乏著。耳中聽到細碎的步聲和咻咻的鼻息，使我睜開眼。大致一看，屋子裡還是空虛，但偶然看到地面，卻盤旋著一匹小小的動物，瘦弱的，半死的，滿身灰土的……

我一細看，我的心就一停，接著便直跳起來。

那是阿隨。牠回來了。

我的離開吉兆胡同，也不單是爲了房主人們和他家女工的冷眼，大半就爲著這阿隨。但是，「哪裡去呢？」新的生路自然還很多，我約略知道，也間或依稀看見，覺得就在我面前，然而我還沒有知道跨進那裡去的第一步的方法。

經過許多回的思量和比較，也還只有會館是還能相容的地方。依然是這樣的破屋，這樣的板床，這樣的半枯的槐樹和紫藤，但那時使我希望、歡欣、愛、生活的，卻全都逝去了，只有一個虛空，我用眞實去換來的虛空存在。

新的生路還很多，我必須跨進去，因爲我還活著。但我還不知道怎樣跨出那第一步。有時，彷彿看見那生路就像一條灰白的長蛇，自己蜿蜒地向我奔來，我等著，等著，看看臨近，但忽然便消失在黑暗裡了。

初春的夜，還是那麼長。長久的枯坐中記起上午在街頭所見的葬式，前面是紙人紙馬，後面是唱歌一般的哭聲。我現在已經知道他們的聰明了：這是多麼輕鬆簡潔的事。

然而子君的葬式卻又在我的眼前，是獨自負著虛空的重擔，在灰白的長路上前行，而又即刻消失在周圍的嚴威和冷眼裡了。

我願意眞有所謂鬼魂，眞有所謂地獄，那麼，即使在孽風怒吼之中，我也將尋覓子君，當面說出我的悔恨和悲哀，祈求她的饒恕。否則，地獄的毒焰將圍繞我，猛烈地燒盡我的悔恨和悲哀。

我將在孽風和毒焰中擁抱子君，乞她寬容，或者使她快意……

但是，這卻更虛空於新的生路。現在所有的只是初春的夜，竟還是那麼長。我活著，我總得向著新的生路跨出去，那第一步——卻不過是寫下我的悔恨和悲哀，爲子君，爲自己。

我仍然只有唱歌一般的哭聲，給子君送葬，葬在遺忘中。

我要遺忘；我爲自己，並且要不再想到這用了遺忘給子君送葬。

我要向著新的生路跨進第一步去，我要將眞實深深地藏在心的創傷中，默默地前行，用遺忘和說謊做我的前導……

一九二五年十月二十一日畢。

離婚

「阿阿，本叔！新年恭喜，發財發財！」

「你好，八三！恭喜恭喜……」

「唉唉，恭喜！愛姑也在這裡……」

「阿阿，木公公……」

莊木三和他的女兒——愛姑——剛從木蓮橋頭跨下航船去，船裡面就有許多聲音一齊嗡的叫了起來，其中還有幾個人捏著拳頭打拱；同時，船旁的坐板也空出四人的座位來了。莊木三一面招呼，一面就坐，將長煙管倚在船邊。愛姑便坐在他左邊，將兩只鉤刀樣的腳正對著八三擺成一個「八」字。

「木公公上城去？」一個蟹殼臉的問。

「不上城！」木公公有些頹唐似的，但因爲紫糖色臉上原有許多皺紋，所以倒也看不出什麼大變化，「就是到龐莊去走一遭。」

合船都沉默了，只是看他們。

「也還是爲了愛姑的事麼？」好一會，八三質問了。

「還是爲她……這眞是煩死我了！已經鬧了整三年，打過多少回架，說過多少回和，總是不落局……」

「這回還是到慰老爺家裡去？……」

「還是到他家。他給他們說和也不止一兩回了，我都不依。這倒沒有什麼。這回是他家新年會親，連城裡的七大人也在……」

「七大人？」八三的眼睛睜大了。「他老人家也出來說話了麼？……那是……其實呢，去年我們將他們的灶都拆掉了，總算已經出了一口惡氣。況且愛姑回到那邊去，其實呢，也沒有什麼味兒……」他於是順下眼睛去。

「我倒並不貪圖回到那邊去，八三哥！」愛姑憤憤地昂起頭，說：「我是賭氣！你想，『小畜生』姘上了小寡婦，就不要我，事情有這麼容易的？『老畜生』

只知道幫兒子，也不要我，好容易呀！七大人怎樣？難道和知縣大老爺換帖，就不說人話了麼？他不能像慰老爺似的不通，只說是『走散好走散好』。我倒要對他說說我這幾年的艱難，且看七大人說誰不錯！」

八三被說服了，再開不得口。

只有潺潺的船頭激水聲；船裡很靜寂。莊木三伸手去摸煙管，裝上煙。

斜對面，挨八三坐著的一個胖子便從肚兜裡掏出一柄打火刀，打著火絨，給他按在煙斗上。

「對對！」木三點頭說。

「我們雖然是初會，木叔的名字卻是早已知道的。」胖子恭敬地說：「是的，這裡沿海三六十八村，誰不知道？施家的兒子姘上了寡婦，我們也早知道。去年木叔帶了六位兒子去拆平了他家的灶，誰不說應該……你老人家是高門大戶都走得進的，腳步開闊，怕他們甚的……」

「你這位阿叔眞通氣！」愛姑高興地說：「我雖然不認識你這位阿叔是誰。」

「我叫汪得貴。」胖子連忙說。

「要撇掉我，是不行的！七大人也好，八大人也好，我總要鬧得他們家敗人亡！慰老爺不是勸過我四回麼？連爹也看得賠貼的錢有點頭昏眼熱了……」

「你這媽的！」木三低聲說。

「可是我聽說去年年底施家送給慰老爺一桌酒席哩，八公公。」蟹殼臉道。

「那不礙事。」汪得貴說：「酒席能塞得人發昏麼？酒席如果能塞得人發昏，送大菜又怎樣？他們知書識理的人是專替人家講公道話的。譬如，一個人受眾人欺侮，他們就出來講公道話，倒不在乎有沒有酒喝。去年年底我們敝村的榮大爺從北京回來，他見過大場面的，不像我們鄉下人一樣。他就說，那邊的第一個人物要算光太太，又硬……」

「汪家匯頭的客人上岸哩！」船家大聲叫著，船已經要停下來了。

「有我有我！」胖子立刻一把取了煙管，從中艙一跳，隨著前進的船走在岸上了。

「對對！」他還向船裡面的人點頭，說。

船便在新的靜寂中繼續前進；水聲又很聽得出了，潺潺的。八三開始打磕睡了，漸漸地向對面的鉤刀式的腳張開了嘴；前艙中的兩個老女人也低聲哼起佛號來，她們擷著念珠，又都看愛姑，而且互視，努嘴，點頭。

愛姑瞪著眼看定篷頂，大半正在懸想將來怎樣鬧得他們家敗人亡；「老畜生」，「小畜生」，全都走投無路。慰老爺她是不放在眼裡的，見過兩回，不過一個團頭團腦的矮子：這種人本村裡就很多，無非臉色比他紫黑些。

莊木三的煙早已吸到底，火逼得斗底裡的煙油吱吱地糊了，還吸著。他知道一過汪家匯頭，就到龐莊，而且那村口的魁星閣也確乎已經望得見。龐莊，他到過許多回，不足道的，以及慰老爺。他還記得女兒的哭回來，他的親家和女婿的可惡，後來給他們怎樣地吃虧。想到這裡，過去的情景便在眼前展開。一到懲治他親家這一局，他向來是要冷冷地微笑的，但這回卻不，不知怎的，忽而橫梗著一個胖胖的七大人，將他腦裡的局面擠得擺不整齊了。

船在繼續的寂靜中繼續前進；獨有念佛聲卻宏大起來；此外一切，都似乎陪著木叔和愛姑一同浸在沉思裡。

「木叔，你老上岸罷，龐莊到了。」

木三他們被船家的聲音驚覺時，面前已是魁星閣了。

他跳上岸，愛姑跟著，經過魁星閣下，向著慰老爺家走。朝南走過三十家門面，再轉一個彎，就到了，早望見門口一列地泊著四隻烏篷船。

他們跨進黑油大門時，便被邀進門房去。大門後已經坐滿著兩桌船夫和長年。愛姑不敢看他們，只是溜了一眼，倒也並不見有「老畜生」和「小畜生」的蹤跡。

當工人搬出年糕湯來時，愛姑不由得越加侷促不安起來了，連自己也不明白爲什麼。「難道和知縣大老爺換帖，就不說人話麼？」她想：「知書識理的人是講公道話的。我要細細地對七大人說一說，從十五歲嫁過去做媳婦的時候起……」

她喝完年糕湯；知道時機將到。果然，不一會，她已經跟著一個長年，和她父親經過大廳，又一彎，跨進客廳的門檻去了。

客廳裡有許多東西，她不及細看；還有許多客，只見紅青緞子馬褂發閃。在這些中間第一眼就看見一個人，這一定是七大人了。雖然也是團頭團腦，卻比慰老爺們魁梧得多；大的圓臉上長著兩條細眼和漆黑的細鬍鬚，頭頂是禿的，可是那腦殼和臉都很紅潤，油光光地發亮。愛姑很覺得稀奇，但也立刻自己解釋明白了：那一定是擦著豬油的。

「這就是『屁塞』，就是古人大殮的時候塞在屁股眼裡的。」七大人正拿著一條爛石似的東西，說著，又在自己的鼻子旁擦了兩擦，接著道：「可惜是『新坑』。倒也可以買得，至遲是漢。你看，這一點是『水銀浸』……」

「水銀浸」周圍即刻聚集了幾個頭，一個自然是慰老爺；還有幾位少爺們，因爲被威光壓得像癟臭蟲了，愛姑先前竟沒有見。

她不懂後一段話；無意，而且也不敢去研究什麼「水銀浸」，便偷空向四處一看望，只見她後面，緊挨著門旁的牆壁，正站著「老畜生」和「小畜生」。雖然只一瞥，但較之半年前偶然看見的時候，分明都見得蒼老了。

接著大家就都從「水銀浸」周圍散開；慰老爺接過「屁塞」，坐下，用指頭摩挲著，轉臉向莊木三說話。

「就是你們兩個麼？」

「是的，」

「你的兒子一個也沒有來？」

「他們沒有工夫。」

「本來新年正月又何必來勞動你們。但是，還是只爲那件事……我想，你們也鬧得夠了。不是已經有兩年多了麼？我想，冤仇是宜解不宜結的。愛姑既然丈夫不對，公婆不喜歡……也還是照先前說過那樣：走散的好。我沒有這麼大面子，說不通。七大人是最愛講公道話的，你們也知道。現在七大人的意思也這樣，和我一樣。可是七大人說，兩面都認點晦氣罷，叫施家再添十塊錢，九十元！」

「……」

「九十元！你就是打官司打到皇帝伯伯跟前，也沒有這麼便宜。這話，只有我們的七大人肯說。」

七大人睜起細眼，看著莊木三，點點頭。

愛姑覺得事情有些危急了。她很怪平時沿海的居民對他都有幾分懼怕的自己的父親，爲什麼在這裡竟說不出話。她似爲這是大可不必的。她自從聽到七大人的一段議論之後，雖不很懂，但不知怎的總覺得他其實是和藹近人，並不如先前自己所揣想那樣的可怕。

「七大人是知書識理，頂明白的；」她勇敢起來了，「不像他們鄉下人。我是有冤無處訴，倒正要找七大人講講。自從我嫁過去，眞是低頭進，低頭出，一禮不缺。他們就是專和我作對，一個個都像個『氣殺鐘馗』。那年的黃鼠狼咬死了那匹大公雞，哪裡是我沒有關好嗎？那是那隻殺頭癩皮狗偷吃糠拌飯，拱開了雞櫥門。那『小畜生』不分青紅皂白，就夾臉一嘴巴……」

七大人對她看了一眼。

「我知道那是有緣故的，這也逃不出七大人的明鑒。知書識理的人什麼都知道。他就是著了那濫婊子的迷，要趕我出去。我是三茶六禮定來的，花轎抬來的呵！那麼容易嗎？……我一定要給他們一個顏色看，就是打官司也不要緊。縣裡不行，還有府裡呢……」

「那些事是七大人都知道的。」慰老爺仰起臉來說：「愛姑，你要是不轉頭，沒有什麼便宜的。你就總是這模樣。你看你的爹多少明白；你和你的弟兄都不像他。打官司打到府裡，難道官府就不會問問七大人麼？那時候是『公事公辦』，那是……你簡直……」

「那我就拚出一條命，大家家敗人亡。」

「那倒並不是拚命的事。」七大人這才慢慢地說：「年紀輕輕，一個人總要和氣些：『和氣生財』，對不對？我一添就是十塊，那簡直已經是『天外道理』了。要不然，公婆說『走！』就得走。莫說府裡，就是上海北京，就是外洋，都這樣。你要不信，他就是剛從北京洋學堂裡回來的，自己問他去。」於是轉臉向著一個尖下巴的少爺道：「對不對？」

「的的確確。」尖下巴少爺趕忙挺直了身子，必恭必敬地低聲說。

愛姑覺得自己是完全孤立了；爹不說話，弟兄不敢來，慰老爺是原本幫他們的，七大人又不可靠，連尖下巴少爺也低聲下氣地像一個癟臭蟲，還打「順風鑼」。但她在胡裡胡塗的腦中，還彷彿決定要作一回最後的奮鬥。

「怎麼連七大人……」她滿眼發了驚疑和失望的光，「是的……我知道，我們粗人，什麼也不知道。就怨我爹連人情世故都不知道，老發昏了，就專憑他們『老畜生』『小畜生』擺布；他們會報喪似的急急忙忙鑽狗洞，巴結人……」

「七大人看看，」默默地站在她後面的「小畜生」忽然說話了：「她在大人面前還是這樣。那在家裡是，簡直鬧得六畜不安。叫我爹是『老畜生』，叫我是口口聲聲『小畜生』，『逃生子』（私生兒）。」

「哪個『娘濫十十萬人生』的叫你『逃生子』？」愛姑回轉臉去大聲說，便又向著七大人道：「我還有話要當大衆面前說說哩。他哪裡有好聲好氣呵，開口『賤胎』，閉口『娘殺』。自從結識了那婊子，連我的祖宗都入起來了。七大人，你給我批評批評，這……」

她打了一個寒噤，連忙住口，因爲她看見七大人忽然兩眼向上一翻，圓臉一仰，細長鬍子圍著的嘴裡同時發出一種高大搖曳的聲音來了。

「來～～兮！」七大人說。

她覺得心臟一停，接著便突突地亂跳，似乎大勢已去，局面都變了；彷彿失足掉在水裡一般，但又知道這實在是自己錯。

立刻進來一個藍袍子黑背心的男人，對七大人站定，垂手挺腰，像一根木棍。

全客廳裡是「鴉雀無聲」。七大人將嘴一動，但誰也斷不清說什麼。然而那男人卻已經聽到了，而且這命令的力量彷彿又已鑽進了他的骨髓裡，將身子牽了兩牽，「毛骨聳然」似的，一面答應道：

「是。」他倒退了幾步，才翻身走出去。

愛姑知道意外的事情就要到來，那事情是萬料不到，也防不了的。她這時才又知道七大人實在威嚴，先前都是自己的誤解，所以太放肆，太粗魯了。她非常後悔，不由的自己說：

「我本來是專聽七大人吩咐……」

全客廳裡是「鴉雀無聲」。她的話雖然微細得如絲，慰老爺卻像聽到霹靂似的了；他跳了起來。

「對呀！七大人也眞公平，愛姑也眞明白！」他誇讚著，便向莊木三，「老木，那你自然是沒有什麼說的了。她自己已經答應。我想你紅綠帖是一定已經帶來了的，我通知過你。那麼，大家都拿出來……」

愛姑見她爹便伸手到肚兜裡去掏東西。木棍似的那男人也進來了，將小烏龜模樣的一個漆黑的扁的小東西遞給七大人。愛姑怕事情有變故，連忙去看莊木三，見他已經在茶几上打開一個藍布包裹，取出洋錢來。

七大人也將小烏龜頭拔下，從那身子裡面倒一點東西在掌心上，木棍似的男人便接了那扁東西去。七大人隨即用那一隻手的一個指頭蘸著掌心，向自己的鼻孔裡塞了兩塞，鼻孔和人中立刻黃焦焦了。他皺著鼻子，似乎要打噴嚏。

莊木三正在數洋錢。慰老爺從那沒有數過的一疊裡取出一點來，交還了「老畜生」；又將兩份紅綠帖子互換了地方，推給兩面，嘴裡說過：

「你們都收好。老木，你要點清數目呀。這不是好當玩意兒的，銀錢事情……」

「呃啾」的一聲響，愛姑明知道是七大人打噴嚏了，但不由得轉過眼去看。只見七大人張著嘴，仍舊在那裡皺鼻子，一隻手的兩個指頭卻撮著一件東西，就是那「古人大殮的時候塞在屁股眼裡的」，在鼻子旁邊摩擦著。

好容易，莊木三點清了洋錢；兩方面各將紅綠帖子收起，大家的腰骨都似乎直得多，原先收緊著的臉相也寬懈下來，全客廳頓然見得一團和氣了。

「好！事情是圓功了。」慰老爺看見他們兩面都顯出告別的神氣，便吐一口氣，說：「那麼，嗡，再沒有什麼別的了。恭喜大吉，總算解了一個結。你們要走了麼？不要走，在我們家裡喝了新年喜酒去。這是難得的！」

「我們不喝了。存著，明年再來喝罷。」愛姑說。

「謝謝慰老爺。我們不喝了。我們還有事情……」莊木三、「老畜生」和「小畜生」都說著，恭恭敬敬地退出去。

「唔？怎麼？不喝一點去麼？」慰老爺還注視著走在最後的愛姑，說。

「是的，不喝了。謝謝慰老爺。」

一九二五年十一月六日。

長明燈

春陰的下午，吉光屯唯一的茶館子裡的空氣又有些緊張了，人們的耳朵裡，彷彿還留著一種微細沉實的聲息——

「熄掉它吧！」

但當然並不是全屯的人們都如此。這屯上的居民是不大出行的，動一動就須查黃曆，看那上面是否寫著「不宜出行」；倘沒有寫，出去也須先走喜神方，迎吉利。不拘禁忌地坐在茶館裡的不過幾個以豁達自居的年青人，但在蟄居人的意中卻以爲個個都是敗家子。

現在也無非就是這茶館裡的空氣有些緊張。

「還是這樣麼？」三角臉的拿起茶碗，問。

「聽說，還是這樣，」方頭說：「還是盡說『熄掉它熄掉它』。眼光也越加發閃了。見鬼！這是我們屯上的一個大害，你不要看得微細。我們倒應該想個法子來除掉他！」

「除掉他，算什麼一回事。他不過是一個……什麼東西！造廟的時候，他的祖宗就捐過錢，現在他卻要來吹熄長明燈。這不是不肖子孫？我們上縣去，送他忤逆！」闊亭捏了拳頭，在桌上一擊，慷慨地說。一只斜蓋著的茶碗蓋子也噫的一聲，翻了身。

「不成。要送忤逆，須是他的父母，母舅……」方頭說。

「可惜他只有一個伯父……」闊亭立刻頹唐了。

「闊亭！」方頭突然叫道：「你昨天的牌風可好？」

闊亭睜著眼看了他一會，沒有便答；胖臉的莊七光已經放開喉嚨嚷起來了：

「吹熄了燈，我們的吉光屯還成什麼吉光屯，不就完了麼？老年人不都說麼：這燈還是梁武帝點起的，一傳下來，沒有熄過；連長毛（清末造反的太平天國軍）造反的時候也沒有熄過……你看，嘖，那火光不是綠瑩瑩的麼？外路人經過這裡的都要看看，都稱讚……嘖！多麼好……他現在這麼胡鬧，什麼意思？……」

「他不是發了瘋麼？你還沒有知道？」方頭帶些藐視的神氣說。

「哼！你聰明！」莊七光的臉上就走了油。

「我想，還不如用老法子騙他一騙！」灰五嬸，本店的主人兼工人，本來是旁聽著的，看見形勢有些離了她專注的本題了，便趕忙來岔開紛爭，拉到正經事上去。

「什麼老法子？」莊七光詫異地問。

「他不是先就發過一回瘋麼，和現在一模樣。那時他的父親還在，騙了他一騙，就治好了。」

「怎麼騙？我怎麼不知道？」莊七光更其詫異地問。

「你怎麼會知道？那時你們都還是小把戲呢，單知道喝奶拉屎。便是我，那時也不這樣。你看我那時的一雙手呵，眞是粉嫩粉嫩……」

「你現在也還是粉嫩粉嫩……」方頭說。

「放你媽的屁！」灰五嬸怒目地笑了起來，「莫胡說了。我們講正經話。他那時也還年輕哩；他的老子說就有些瘋的。聽說：有一天他的祖父帶他進社廟去，教他拜社老爺，瘟將軍，王靈官老爺，他就害怕了，硬不拜，跑了出來，從此便有些怪。後來就像現在一樣，一見人總和他們商量吹熄正殿上的長明燈。他說熄了便再不會有蝗蟲和病痛，眞是像一件天大的正事似的。大約那是邪祟附了體，怕見正路神道了。要是我們，會怕見社老爺麼？你們的茶不冷了麼？對一點熱水罷。好，他後來就自己闖進去，要去吹。他的老子又太疼愛他，不肯將他鎖起來。呵！後來不是全屯動了公憤，和他老子去吵鬧了麼？可是，沒有辦法——幸虧我家的死鬼那時還在，給想了一個法：將長明燈用厚棉被一圍，漆漆黑黑地，領他去看，說是已經吹熄了。」

「唉唉！這眞虧他想得出。」三角臉吐一口氣，說，不勝感服之至似的。

「費什麼這樣的手腳，」闊亭憤憤地說：「這樣的東西，打死了就完了，嚇！」

「那怎麼行」她吃驚地看著他，連忙搖手道：「那怎麼行！他的祖父不是捏過印靶子（做過實缺官之意）的麼？」

闊亭們立刻面面相覷，覺得除了「死鬼」的妙法以外，也委實無法可想了。

「後來就好了的！」她又用手背抹去一些嘴角上的白沫，更快地說：「後來全好了的！他從此也就不再走進廟門去，也不再提起什麼來，許多年。不知道怎麼這回看了賽會之後不多幾天，又瘋了起來了。哦！同先前一模一樣。午後他就走過這裡，一定又上廟裡去了。你們和四爺商量商量去，還是再騙他一騙好。那燈不是梁武帝點起來的麼？不是說，那燈一滅，這裡就要變海，我們就都要變泥鰍麼？你們快去和四爺商量商量罷，要不……」

「我們還是先到廟前去看一看。」方頭說著，便軒昂地出了門。

闊亭和莊七光也跟著出去了。三角臉走得最後，將到門口，回過頭來說道：

「這回就記了我的賬！入他……」

灰五嬸答應著，走到東牆下拾起一塊木炭來，就在牆上畫有一個小三角形和一串短短的細線的下面，劃添了兩條線。

他們望見社廟的時候，果然一併看到了幾個：一個正是他，兩個是閒看的，三個是孩子。

但廟門卻緊緊地關著。

「好！廟門還關著。」闊亭高興地說。

他們一走近，孩子們似乎也都膽壯，圍近去了。本來對了廟口立著的他，也轉過臉來對他們看。

他也還如平常一樣，黃的方臉和藍布破大衫，只在濃眉底下的大而且長的眼睛中略帶些異樣的光閃，看人就許多工夫不眨眼，並且總含著悲憤疑懼的神情。短的頭髮上粘著兩片稻草葉，那該是孩子暗暗地從背後給他放上去的，因爲他們向他頭上一看之後，就都縮了頸子，笑著將舌頭很快地一伸。

他們站定了，各人都互看著別個的臉。

「你幹什麼？」但三角臉終於走上一步，詰問了。

「我叫老黑開門，」他低聲，溫和地說：「就因爲那一盞燈必須吹熄。你看，三頭六臂的藍臉，三隻眼睛，長帽，半個的頭，牛頭和豬牙齒，都應該吹熄……吹熄！吹熄，我們就不會有蝗蟲，不會有豬嘴瘟……」

「唏唏，胡鬧！」闊亭輕蔑地笑了出來，「你吹熄了燈，蝗蟲會還要多，你就要生豬嘴瘟！」

「唏唏！」莊七光也陪著笑。

一個赤膊孩子擎起他玩弄著的葦子，對他瞄準著，將櫻桃似的小口一張，道：「吧！」

「你還是回去吧！倘不，你的伯伯會打斷你的骨頭！燈麼，我替你吹。你過幾天來看就知道。」闊亭大聲說。

他兩眼更發出閃閃的光來，釘一般看定闊亭的眼，使闊亭的眼光趕緊辟易了。

「你吹？」他嘲笑似的微笑，但接著就堅定地說：「不能！不要你們。我自己去熄，此刻去熄！」

闊亭便立刻頹唐得酒醒之後似的無力。方頭卻已站上去了，慢慢地說道：

「你是一向懂事的，這一回可是太胡塗了。讓我來開導你罷，你也許能夠明白。就是吹熄了燈，那些東西不是還在麼？不要這麼傻頭傻腦了，還是回去！睡覺去！」

「我知道的，熄了也還在。」他忽又現出陰鷙的笑容，但是立即收斂了，沉實地說道：「然而我只能姑且這麼辦。我先來這麼辦，容易些。我就要吹熄它，自己熄！」他說著，一面就轉過身去竭力地推廟門。

「喂！」闊亭生氣了，「你不是這裡的人麼？你一定要我們大家變泥鰍麼？回去！你推不開的，你沒有法子開的！吹不熄的！還是回去好！」

「我不回去！我要吹熄它！」

「不成！你沒法開！」

「……」

「你沒法開！」

「那麼，就用別的法子來。」他轉臉向他們一瞥，沉靜地說。

「哼！看你有什麼別的法。」

「……」

「看你有什麼別的法！」

「我放火。」

「什麼？」闊亭疑心自己沒有聽清楚。

「我放火！」

沉默像一聲清磬，搖曳著尾聲，周圍的活物都在其中凝結了。但不一會，就有幾個人交頭接耳，不一會，又都退了開去；兩三人又在略遠的地方站住了。廟後門的牆外就有莊七光的聲音喊道：

「老黑呀！不對了！你廟門要關得緊！老黑呀，你聽清了麼？關得緊！我們去想了法子就來！」

但他似乎並不留心別的事，只閃爍著狂熱的眼光，在地上，在空中，在人身上，迅速地搜查，彷彿想要尋火種。

方頭和闊亭在幾家的大門裡穿梭一般出入了一通之後，吉光屯全局頓然擾動了。許多人們的耳朵裡，心裡，都有了一個可怕的聲音：「放火！」但自然還有多少更深的蟄居人的耳朵裡心裡是全沒有。然而全屯的空氣也就緊張起來，凡有感得這緊張的人們都很不安，彷彿自己就要變成泥鰍，天下從此毀滅。他們自然也隱約知道毀滅的不過是吉光屯，但也覺得吉光屯似乎就是天下。

這事件的中樞不久就湊在四爺的客廳上了。坐在首座上的是年高德劭的郭老娃，臉上已經皺得如風乾的香橙，還要用手捋著下頦上的白鬍鬚，似乎想將他們拔下。

「上半天，」他放鬆了鬍子，慢慢地說：「西頭，老富的中風，他的兒子，就說是：因爲社神不安，之故。這樣一來，將來，萬一有，什麼，雞犬不寧的事，就難免要到，府上……是的，都要來到府上，麻煩。」

「是麼！」四爺也捋著上唇的花白的鯰魚鬚，卻悠悠然，彷彿全不在意模樣，說：「這也是他父親的報應呵！他自己在世的時候，不就是不相信菩薩麼？我那時就和他不合，可是一點也奈何他不得。現在，叫我還有什麼法？」

「我想，只有，一個。是的，有一個。明天，捆上城去，給他在那個，那個城隍廟裡，擱一夜。是的，擱一夜，趕一趕，邪祟。」

闊亭和方頭以守護全屯的勞績，不但第一次走進這一個不易瞻仰的客廳，並且還坐在老娃之下和四爺之上，而且還有茶喝。他們跟著老娃進來，報告之後，就只是喝茶，喝乾之後，也不開口。但此時闊亭忽然發表意見了：

「這辦法太慢！他們兩個還管著呢！最要緊的是馬上怎麼辦。如果眞是燒將起來……」

郭老娃嚇了一跳，下巴有些發抖。

「如果眞是燒將起來……」方頭搶著說。

「那麼，」闊亭大聲道：「就糟了！」

一個黃頭髮的女孩子又來沖上茶。闊亭便不再說話，立即拿起茶來喝。渾身一抖，放下了，伸出舌尖來舐了一舐上嘴唇，揭去碗蓋，嘘嘘地吹著。

「眞是拖累煞人！」四爺將手在桌上輕輕一拍，「這種子孫，眞該死呵！唉！」

「的確，該死的！」闊亭抬起頭來了，「去年，連各莊就打死一個：這種子孫。大家一口咬定，說是同時同刻，大家一齊動手，分不出打第一下的是誰，後來什麼事也沒有。」

「那又是一回事。」方頭說：「這回他們管著呢。我們得趕緊想法子。我想……」

老娃和四爺都肅然地看著他的臉。

「我想，倒不如姑且將他關起來。」

「那倒也是一個妥當的辦法。」四爺微微地點一點頭。

「妥當！」闊亭說。

「那倒，確是，一個妥當的，辦法。」老娃說：「我們，現在，就將他，拖到府上來。府上，就趕快，收拾出，一間屋子來。還，準備著，鎖。」

「屋子？」四爺仰了臉，想了一會，說：「舍間可是沒有這樣的閒房。他也說不定什麼時候才會好……」

「就用他，自己的……」老娃說。

「我家的六順，」四爺忽然嚴肅而且悲哀地說，聲音也有些發抖了，「秋天就要娶親……你看，他年紀這麼大了，單知道發瘋，不肯成家立業。舍弟也做了一世人，雖然也不大安分，可是香火總歸是絕不得的……」

「那自然！」三個人異口同音地說。

「六順生了兒子，我想第二個就可以過繼給他。但是——別人的兒子，可以白要的麼？」

「那不能！」三個人異口同音地說。

「這一間破屋，和我是不相干，六順也不在乎此。可是，將親生的孩子白白給人，做母親的怕不能就這麼鬆爽罷？」

「那自然！」三個人異口同音地說。

四爺沉默了。三個人交互看著別人的臉。

「我是天天盼望他好起來。」四爺在暫時靜穆之後，這才緩緩地說：「可是他總不好。也不是不好，是他自己不要好。無法可想，就照這一位所說似的關起來，免得害人，出他父親的醜，也許倒反好，倒是對得起他的父親……」

「那自然。」闊亭感動的說：「可是，房子……」

「廟裡就沒有閒房？……」四爺慢騰騰地問道。

「有！」闊亭恍然道：「有！進大門的西邊那一間就空著，又只有一個小方窗，粗木直柵的，決計挖不開。好極了！」

老娃和方頭也頓然都顯了歡喜的神色。闊亭吐一口氣，尖著嘴唇就喝茶。

未到黃昏時分，天下已經泰平，或者竟是全都忘卻了，人們的臉上不特已不緊張，並且早褪盡了先前的喜悅的痕跡。在廟前，人們的足跡自然比平日多，但不久也就稀少了。只因爲關了幾天門，孩子們不能進去玩，便覺得這一天在院子裡格外玩得有趣，吃過了晚飯，還有幾個跑到廟裡去遊戲，猜謎。

「你猜。」一個最大的說：「我再說一遍：

白篷船，紅划楫，

搖到對岸歇一歇，

點心吃一些，

戲文唱一齣。」

「那是什麼呢，『紅划楫』的？」一個女孩說。

「我說出來罷，那是……」

「慢一慢！」生癩頭瘡的說：「我猜著了：航船。」

「航船。」赤膊的也道。

「哈，航船？」最大的道：「航船是搖櫓的。他會唱戲文麼？你們猜不著。我說出來罷……」

「慢一慢。」癩頭瘡還說。

「哼！你猜不著。我說出來罷，那是：鵝。」

「鵝！」女孩笑著說：「紅划楫的。」

「怎麼又是白篷船呢？」赤膊的問。

「我放火！」

孩子們都吃驚，立時記起他來，一齊注視西廂房，又看見一隻手扳著木柵，一隻手撕著木皮，其間有兩隻眼睛閃閃地發亮。

沉默只一瞬間，癩頭瘡忽而發一聲喊，拔步就跑；其餘的也都笑著嚷著跑出去了。赤膊的還將葦子向後一指，從喘吁吁的櫻桃似的小嘴唇裡吐出清脆的一聲道：

「吧！」

從此完全靜寂了。暮色下來，綠瑩瑩的長明燈更其分明地照出神殿、神龕，而且照到院子，照到木柵裡的昏暗。

孩子們跑出廟外也就立定，牽著手，慢慢地向自己的家走去，都笑吟吟地，合唱著隨口編派的歌：

白篷船，對岸歇一歇。
此刻熄，自己熄。
戲文唱一齣。
我放火！哈哈哈！
火火火，點心吃一些。
戲文唱一齣。
…………
…………
……

一九二五年三月一日。

幸福的家庭

——擬許欽文

「……做不做全由自己的便。那作品，像太陽的光一樣，從無量的光源中湧出來，不像石火，用鐵和石敲出來，這才是眞藝術。那作者，也才是眞的藝術家——而我……這算是什麼？……」他想到這裡，忽然從床上跳起來了。以先他早已想過，須得撈幾文稿費維持生活了，投稿的地方，先定爲幸福月報社，因爲潤筆似乎比較的豐。但作品就須有範圍，否則，恐怕要不收的。範圍就範圍……現在的青年的腦裡的大問題是？……大概很不少，或者有許多是戀愛、婚姻、家庭之類罷……是的，他們確有許多人煩悶著，正在討論這些事。那麼，就來做家庭。然而怎麼做做呢？……否則，恐怕要不收的。何必說些背時的話。然而……他跳下臥床之後，四五步就走到書桌面前，坐下去，抽出一張綠格紙，毫不遲疑，但又自暴自棄似的寫下一行題目道：《幸福的家庭》。

他的筆立刻停滯了。他仰了頭，兩眼瞪著房頂，正在安排那安置這「幸福的家庭」的地方。他想：「北京？不行！死氣沉沉，連空氣也是死的。假如在這家庭的周圍築一道高牆，難道空氣也就隔斷了麼？簡直不行！江蘇、浙江天天防要開仗；福建更無須說。四川、廣東？都正在打。山東、河南之類？——阿阿！要綁票的。倘使綁去一個，那就成為不幸的家庭了。上海、天津的租界上房租貴……假如在外國，笑話。雲南、貴州不知道怎樣，但交通也太不便……」他想來想去，想不出好地方，便要假定為A了。但又想：「現有不少的人是反對用西洋字母來代人地名的，說是要減少讀者的興味。我這回的投稿，似乎也不如不用，安全些。那麼，在哪裡好呢？——湖南也打仗，大連仍然房租貴，察哈爾、吉林、黑龍江罷——聽說有馬賊，也不行……」他又想來想去，又想不出好地方，於是終於決心，假定這「幸福的家庭」所在的地方叫作A。

「總之，這幸福的家庭一定須在A，無可磋商。家庭中自然是兩夫婦，就是主人和主婦，自由結婚的。他們訂有四十多條條約，非常詳細，所以非常平等，十分自由。而且受過高等教育，優美高尙……東洋留學生已經不通行——那麼，假定爲西洋留學生罷。主人始終穿洋服，硬領始終雪白；主婦是前頭的頭髮始終燙得蓬蓬鬆鬆像一個麻雀窠，牙齒是始終雪白的露著，但衣服卻是中國裝……」

「不行不行，那不行！二十五斤！」

他聽得窗外一個男人的聲音，不由的回過頭去看。窗幔垂著，日光照著，明得眩目，他的眼睛昏花了；接著是小木片撒在地上的聲響。「不相干！」他又回過頭來想：「什麼『二十五斤』？——他們是優美高尙，很愛文藝的。但因爲都從小生長在幸福裡，所以不愛俄國的小說……俄國小說多描寫下等人，實在和這樣的家庭也不合。『二十五斤』？不管他。那麼，他們看看什麼書呢？——裴倫（一般譯爲「拜倫」，英國浪漫主義詩人）的詩？吉支（一般譯爲「濟慈」，英國浪漫主義詩人）的？不行，都不穩當——哦，有了，他們都愛看《理想之良人》（愛爾蘭文學家王爾德的劇作）。我雖然沒有見過這部書，但既然連大學教授也那麼稱讚他，想來他們也一定都愛看。你也看，我也看——他們一人一本，這家庭裡一共有兩本……」他覺得胃裡有點空虛了，放下筆，用兩隻手支著頭，教自己的頭像地球儀似的在兩個柱子間掛著。

「……他們兩人正在用午餐，」他想：「桌上鋪了雪白的布。廚子送上菜來，——中國菜。什麼『二十五斤』？不管他。為什麼倒是中國菜？西洋人說，中國菜最進步，最好吃，最合於衛生。所以他們採用中國菜。送來的是第一碗。但這第一碗是什麼呢？……」

「劈柴……」

他吃驚的回過頭去看。靠左肩，便立著他自己家裡的主婦，兩隻陰淒淒的眼睛恰恰釘住他的臉。

「什麼？」他以為她來攪擾了他的創作，頗有些憤怒了。

「劈柴，都用完了，今天買了些。前一回還是十斤兩吊四，今天就要兩吊六。我想給他兩吊五，好不好？」

「好好，就是兩吊五。」

「稱得太吃虧了！他一定只肯算二十四斤半；我想，就算他二十三斤半，好不好？」

「好好，就算他二十三斤半。」

「那麼，五五二十五，三五一十五……」

「唔唔！五五二十五，三五一十五……」他也說不下去了，停了一會，忽而奮然的抓起筆來，就在寫著一行「幸福的家庭」的綠格紙上起算草，起了好久，這才仰起頭來說道：

「五吊八！」

「那是。我這裡不夠了，還差八九個……」

他抽開書桌的抽屜，一把抓起所有的銅元，不下二三十，放在她攤開的手掌上，看她出了房，才又回過頭來向書桌。她覺得頭裡面很脹滿，似乎椏椏叉叉的全被木柴填滿了，五五二十五，腦皮質上還印著許多散亂的阿拉伯數目字。他很深的吸一口氣，又用力的呼出，彷彿要藉此趕出腦裡的劈柴、五五二十五和阿拉伯數字來。果然，吁氣之後，心地也就輕鬆不少了，於是仍復恍恍忽忽的想——

「什麼菜？菜倒不妨奇特點。滑溜里脊，蝦子海參，實在太凡庸。我偏要說他們吃的是『龍虎鬥』。但『龍虎鬥』又是什麼呢？有人說是蛇和貓，是廣東的貴重菜，非大宴會不吃的。但我在江蘇飯館的菜單上就見過這名目，江蘇人似乎不吃蛇和貓，恐怕就如誰所說，是蛙和鱔魚了。現在假定這主人和主婦爲哪裡人呢？——不管他。總而言之，無論哪裡人，吃一碗蛇和貓或者蛙和鱔魚，於幸福的家庭是絕不會有損傷的。總之這第一碗一定是『龍虎鬥』，無可磋商。

「於是一碗『龍虎鬥』擺在桌子中央了。他們兩人同時捏起筷子，指著碗沿，笑咪咪的你看我，我看你……

「My dear, please.

「Please you eat first, my dear.

「Oh no, please you!

「於是他們同時伸下筷子去，同時夾出一塊蛇肉來——不不！蛇肉究竟太奇怪，還不如說是鱔魚罷。那麼，這碗『龍虎鬥』是蛙和鱔魚所做的了。他們同時夾出一塊鱔魚來，一樣大小，五五二十五，三五……不管他，同時放進嘴裡去……」

他不能自制的只想回過頭去看，因爲他覺得背後很熱鬧，有人來來往往的走了兩三回。但他還熬著，亂嘈嘈的接著想：「這似乎有點肉麻！哪有這樣的家庭？唉唉！我的思路怎麼會這樣亂？這好題目怕是做不完篇的了——或者不必定用留學生，就在國內受了高等教育的也可以。他們都是大學畢業的，高尚優美，高尚……男的是文學家；女的也是文學家，或者文學崇拜家。或者女的是詩人；男的是詩人崇拜者，女性尊重者。或者……」他終於忍耐不住，回過頭去了。

就在他背後的書架的旁邊，已經出現了一座白菜堆，下層三株，中層兩株，頂上一株，向他疊成一個很大的A字。

「唉唉！」他吃驚的嘆息，同時覺得臉上驟然發熱了，脊梁上還有許多針輕輕的刺著。「吁……」他很長的噓一口氣，先斥退了脊梁上的針，仍然想：「幸福的家庭的房子要寬綽。有一間堆積房，白菜之類都到那邊去。主人的書房另一間，靠壁滿排著書架，那旁邊自然絕沒有什麼白菜堆；架上滿是中國書、外國書，《理想之良人》自然也在內——一共有兩部。臥室又一間；黃銅床，或者質樸點，第一監獄工場做的榆木床也就夠。床底下很乾淨……」他當即一瞥自己的床下。劈柴已經用完了，只有一條稻草繩卻還死蛇似的懶懶的躺著。

「二十三斤半……」他覺得劈柴就要向床下「川流不息」的進來，頭裡面又有些椏椏叉叉了，便急忙起立，走向門口去想關門。但兩手剛觸著門，卻又覺得未免太暴躁了，就歇了手，只放下那積著許多灰塵的門幕。他一面想，這既無閉關自守之操切，也沒有開放門戶之不安，是很合於「中庸之道」的。

「……所以主人的書房門永遠是關起來的。」他走回來，坐下，想：「有事要商量先敲門，得了許可才能進來，這辦法實在對。現在假如主人坐在自己的書房裡，主婦來談文藝了，也就先敲門——這可以放心，她必不至於捧著白菜的。

「Come in, please, my dear.」

「然而主人沒有工夫談文藝的時候怎麼辦呢？那麼，不理她，聽她站在外面老是剝剝的敲？這大約不行罷。或者《理想之良人》裡面都寫著——那恐怕確是一部好小說！我如果有了稿費，也得去買他一部來看看……」

拍！

他腰骨筆直了，因爲他根據經驗，知道這一聲「拍」是主婦的手掌打在他們的三歲的女兒的頭上的聲音。

「幸福的家庭……」他聽到孩子的嗚咽了，但還是腰骨筆直的想：「孩子是生得遲的，生得遲。或者不如沒有，兩個人乾乾淨淨——或者不如住在客店裡，什麼都包給他們，一個人乾乾……」他聽得嗚咽聲高了起來，也就站了起來，鑽過門幕，想著：「馬克思在兒女的啼哭聲中還會做《資本論》，所以他是偉人……」走出外間，開了風門，聞得一陣煤油氣。孩子就躺倒在門的右邊，臉向著地，一見他，便「哇」的哭出來了。

「阿阿，好好，莫哭莫哭，我的好孩子！」他彎下腰去抱她。

他抱了她回轉身，看見門左邊還站著主婦，也是腰骨筆直，然而兩手插腰，怒氣沖沖的似乎預備開始練體操。

「連你也來欺侮我！不會幫忙，只會搗亂——連油燈也要翻了它。晚上點什麼？……」

「阿阿，好好，莫哭莫哭，」他把那些發抖的聲音放在腦後，抱她進房，摸著她的頭，說：「我的好孩子！」於是放下她，拖開椅子，坐下去，使她站在兩膝的中間，擎起手來道：「莫哭了呵，好孩子！爹爹做『貓洗臉』給你看。」他同時伸長頸子，伸出舌頭，遠遠的對著手掌舔了兩舔，就用這手掌向了自己的臉上畫圓圈。

「呵呵呵！花兒。」她就笑起來了。

「是的是的，花兒。」他又連畫上幾個圓圈，這才歇了手，只見她還是笑咪咪的掛著眼淚對他看。他忽而覺得，她那可愛天眞的臉，正像五年前的她的母親，通紅的嘴唇尤其像，不過縮小了輪廓。那時也是晴朗的冬天，她聽得他說決計反抗一切阻礙，爲她犧牲的時候，也就這樣笑咪咪的掛著眼淚對他看。他惘然的坐著，彷彿有些醉了。

「阿阿，可愛的嘴唇……」他想。

門幕忽然掛起。劈柴運進來了。

他也忽然驚醒，一定睛，只見孩子還是掛著眼淚，而且張開了通紅的嘴唇對他看。「嘴唇……」他向旁邊一瞥，劈柴正在進來，「……恐怕將來也就是五五二十五，九九八十一……而且兩隻眼睛陰淒淒的……了」他想著，隨即粗暴的抓起那寫著一行題目和一堆算草的綠格紙來，揉了幾揉，又展開來給她拭去了眼淚和鼻涕。

「好孩子，自己玩去吧！」他一面推開她，說，一面就將紙團用力的擲在紙簍裡。

但他又立刻覺得對於孩子有些抱歉了，重複回頭，目送著她獨自煢煢的出去，耳朵裡聽得木片聲。他想要定一定神，便又回轉頭，閉了眼睛，息了雜念，平心靜氣的坐著。他看見眼前浮出一朵扁圓的烏花，橙黃心，從左眼的左角漂到右，消失了；接著一朵明綠花，墨綠色的心；接著一座六株的白菜堆，屹然的向他疊成一個很大的A字。

一九二四年二月十八日。

肥皂

四銘太太正在斜日光中背著北窗和她八歲的女兒秀兒糊紙錠，忽聽得又重又緩的布鞋底聲響，知道四銘進來了，並不去看他，只是糊紙錠。但那布鞋底聲卻愈響愈逼近，覺得終於停在她的身邊了，於是不免轉過眼去看，只見四銘就在她面前聳肩曲背的狠命掏著布馬褂底下的袍子的大襟後面的口袋。

他好容易曲曲折折的匯出手來，手裡就有一個小小的長方包，葵綠色的，一徑遞給四太太。她剛接到手，就聞到一陣似橄欖非橄欖的說不清的香味，還看見葵綠色的紙包上有一個金光燦爛的印子和許多細簇簇的花紋。秀兒即刻跳過來要搶著看，四太太趕忙推開她。

「上了街？……」她一面看，一面問。

「唔唔。」他看著她手裡的紙包，說。

於是這葵綠色的紙包被打開了，裡面還有一層很薄的紙，也是葵綠色，揭開薄紙，才露出那東西的本身來，光滑堅致，也是葵綠色，上面還有細簇簇的花紋，而薄紙原來卻是米色的，似橄欖非橄欖的說不清的香味也來得更濃了。

「唉唉！這實在是好肥皂。」她捧孩子似的將那葵綠色的東西送到鼻子下面去，嗅著說。

「唔唔，你以後就用這個……」

她看見他嘴裡這麼說，眼光卻射在她的脖子上，便覺得顴骨以下的臉上似乎有些熱。她有時自己偶然摸到脖子上，尤其是耳朵後，指面上總感著些粗糙。本來早就知道是積年的老泥，但向來倒也並不很介意。現在在他的注視之下，對著這葵綠異香的洋肥皂，可不禁臉上有些發熱了，而且這熱又不絕的蔓延開去，即刻一徑到耳根。她於是就決定晚飯後要用這肥皂來拚命的洗一洗。

「有些地方，本來單用皂莢子是洗不乾淨的。」她自對自的說。

「媽，這給我！」秀兒伸手來搶葵綠紙。在外面玩耍的小女兒招兒也跑到了。

四太太趕忙推開她們，裹好薄紙，又照舊包上葵綠紙，欠過身去擱在洗臉台上最高的一層格子上，看一看，翻身仍然糊紙錠。

「學程！」四銘記起了一件事似的，忽而拖長了聲音叫，就在她對面的一把高背椅子上坐下了。

「學程！」她也幫著叫。

她停下糊紙錠，側耳一聽，什麼響應也沒有，又見他仰著頭焦急的等著，不禁很有些抱歉了，便盡力提高了喉嚨，尖利的叫：

「絟兒呀！」

這一叫確乎有效，就聽到皮鞋聲橐橐的近來，不一會，絟兒已站在她面前了，只穿短衣，肥胖的圓臉上亮晶晶的流著油汗。

「你在做什麼？怎麼爹叫也不聽見？」她譴責的說。

「我剛在練八卦拳……」他立即轉身向了四銘，筆挺的站著，看著他，意思是問他什麼事。

「學程，我就要問你，『惡毒婦』是什麼？」

「『惡毒婦』？……那是，『很凶的女人』罷？」

「胡說！胡鬧！」四銘忽而怒得可觀，「我是『女人』麼！？」

學程嚇得倒退了兩步，站得更挺了。他雖然有時覺得他走路很像上台的老生，卻從沒有將他當作女人看待。他知道自己答的很錯了。

「『惡毒婦』是『很凶的女人』，我倒不懂，得來請教你？——這不是中國話，是鬼子話，我對你說。這是什麼意思，你懂麼？」

「我……我不懂。」學程更加侷促起來。

「嚇！我白花錢送你進學堂，連這一點也不懂。虧煞你的學堂還誇什麼『口耳並重』，倒教得什麼也沒有。說這鬼話的人至多不過十四五歲，比你還小些呢，已經嘰嘰咕咕的能說了，你卻連意思也說不出，還有這臉說『我不懂』——現在就給我去查出來！」

學程在喉嚨底裡答應了一聲「是」，恭恭敬敬的退出去了。

「這真叫作不成樣子，」過了一會，四銘又慷慨的說：「現在的學生是。其實，在光緒年間，我就是最提倡開學堂的，可萬料不到學堂的流弊竟至於如此之大：什麼解放咧，自由咧，沒有實學，只會胡鬧。學程呢，爲他花了的錢也不少了，都白花。好容易給他進了中西折中的學堂，英文又專是『口耳並重』的，你以爲這該好了罷，哼，可是讀了一年，連『惡毒婦』也不懂，大約仍然是念死書。嚇！什麼學堂，造就了些什麼？我簡直說：應該統統關掉！」

「對咧！眞不如統統關掉的好。」四太太糊著紙錠，同情的說。

「秀兒她們也不必進什麼學堂了。『女孩子，念什麼書？』九公公先前這樣說，反對女學的時候，我還攻擊他呢！可是現在看起來，究竟是老年人的對話。你想，女人一陣一陣的在街上走，已經很不雅觀的了，她們卻還要剪頭髮。我最恨的就是那些剪了頭髮的女學生。我簡直說，軍人土匪倒還情有可原，攪亂天下的就是她們，應該很嚴的辦一辦……」

「對咧！男人都像了和尚還不夠，女人又來學尼姑了。」

「學程！」

學程正捧著一本小而且厚的金邊書快步進來，便呈給四銘，指著一處說：

「這倒有點像。這個……」

四銘接來看時，知道是字典，但文字非常小，又是橫行的。他眉頭一皺，擎向窗口，細著眼睛，就學程所指的一行念過去：

「『第十八世紀創立之共濟講社』（一般譯為「共濟社」，十八世紀在英國創立的祕密社團）之稱」——唔，不對——這聲音是怎麼念的？」他指著前面的「鬼子」字，問。

「惡特拂羅斯（Oddfellows）。」

「不對，不對！不是這個。」四銘又忽而憤怒起來了，「我對你說，那是一句壞話，罵人的話，罵我這樣的人的。懂了麼？查去！」

學程看了他幾眼，沒有動。

「這是什麼悶胡盧，沒頭沒腦的？你也先得說說清，教他好用心的查去。」她看見學程為難，覺得可憐，便排解而且不滿似的說。

「就是我在大街上廣潤祥買肥皂的時候，」四銘呼出了一口氣，向她轉過臉去，說：「店裡又有三個學生在那裡買東西。我呢，從他們看起來，自然也怕太嚕嗦一點了罷。我一氣看了六七樣，都要四角多，沒有買；看一角一塊的，又太壞，沒有什麼香。我想，不如中通的好，便挑定了那綠的一塊，兩角四分。夥計本來是勢利鬼，眼睛生在額角上的，早就噘著狗嘴的了；可恨那學生這壞小子又都擠眉弄眼的說著鬼話笑。後來，我要打開來看一看才付錢：洋紙包著，怎麼斷得定貨色的好壞呢。誰知道那勢利鬼不但不依，還蠻不講理，說了許多可惡的廢話；壞小子們又附和著說笑。那一句是頂小的一個說的，面且眼睛看著我，他們就都笑起來了：可見一定是一句壞話。」他於是轉臉對著學程道：「你只要在『壞話類』裡去查去！」

學程在喉嚨底裡答應了一聲「是」，恭恭敬敬的退去了。

「他們還嚷什麼『新文化新文化』！『化』到這樣了，還不夠？」他兩眼盯著屋梁，盡自說下去：「學生也沒有道德，社會上也沒有道德。再不想點法子來挽救，中國這才眞個要亡了——你想，那多麼可嘆？……」

「什麼？」她隨口的問，並不驚奇。

「孝女。」他轉眼對著她，鄭重的說：「就在大街上，有兩個討飯的。一個是姑娘，看去該有十八九歲了——其實這樣的年紀，討飯是很不相宜的了，可是她還討飯——和一個六七十歲的老的，白頭髮，眼睛是瞎的，坐在布店的檐下求乞。大家多說她是孝女，那老的是祖母。她只要討得一點什麼，便都獻給祖母吃，自己情願餓肚皮。可是這樣的孝女，有人肯布施麼？」他射出眼光來釘住她，似乎要試驗她的識見。

她不答話，也只將眼光釘住他，似乎倒是專等他來說明。

「哼！沒有。」他終於自己回答說：「我看了好半，只見一個人給了一文小錢；其餘的圍了一大圈，倒反去打趣。還有兩個光棍，竟肆無忌憚的說：『阿發，你不要看得這貨色髒。你只要去買兩塊肥皂來，咯支咯支遍身洗一洗，好得很哩！』哪，你想，這成什麼話？」

「哼！」她低下頭去了，久之，才又懶懶的問：「你給了錢麼？」

「我麼？沒有。一兩個錢，是不好意思拿出去的。她不是平常的討飯，總得……」

「嗡。」她不等說完話，便慢慢地站起來，走到廚下去。昏黃只顯得濃密，已經是晚飯時候了。

四銘也站起身，走出院子去。天色比屋子裡還明亮，學程就在牆角落上練習八卦拳。這是他的「庭訓」，利用晝夜之交的時間的經濟法，學程奉行了將近大半年了。他贊許似的微微點一點頭，便反背著兩手在空院子裡來回的踱方步。不多久，那惟一的盆景萬年青的闊葉又已消失在昏暗中，破絮一般的白雲間閃出星點，黑夜就從此開頭。四銘當這時候，便也不由的感奮起來，彷彿就要大有所爲，與周圍的壞學生以及惡社會宣戰。他意氣漸漸勇猛，腳步愈跨愈大，布鞋底聲也愈走愈響，嚇得早已睡在籠子裡的母雞和小雞也都唧唧足足的叫起來了。

堂前有了燈光，就是號召晚餐的烽火，合家的人們便都齊集在中央的桌子周圍。燈在下橫；上首是四銘一人居中，也是學程一般肥胖的圓臉，但多兩撇細鬍子，在菜湯的熱氣裡，獨據一面，很像廟裡的財神。左橫是四太太帶著招兒；右橫是學程和秀兒一列。碗筷聲雨點似的響，雖然大家不言語，也就是很熱鬧的晚餐。

招兒帶翻了飯碗了，菜湯流得小半桌。四銘儘量的睜大了細眼睛瞪著看得她要哭，這才收回眼光，伸筷自去夾那早先看中了的一個菜心去。可是菜心已經不見了，他左右一瞥，就發見學程剛剛夾著塞進他張得很大的嘴裡去，他於是只好無聊的吃了一筷黃菜葉。

「學程，」他看著他的臉說：「那一句查出了沒有？」

「哪一句？——那還沒有。」

「哼，你看！也沒有學問，也不懂道理，單知道吃！學學那個孝女罷，做了乞丐，還是一味孝順祖母，自己情願餓肚子。但是你們這些學生哪裡知道這些，肆無忌憚，將來只好像那光棍……」

「想倒想著了一個，但不知可是——我想，他們說的也許是『阿爾特膚爾』（英語 old fool 的音譯）。」

「哦哦，是的！就是這個！他們說的就是這樣一個聲音：『惡毒夫咧。』這是什麼意思？你也就是他們這一黨，你知道的。」

「意思——意思我不很明白。」

「胡說！瞞我。你們都是壞種！」

「『天不打吃飯人。』你今天怎麼盡鬧脾氣，連吃飯時候也是打雞罵狗的。他們小孩子們知道什麼。」四太太忽而說。

「什麼？」四銘正想發話，但一回頭，看見她陷下的兩頰已經鼓起，而且很變了顏色，三角形的眼裡也發著可怕的光，便趕緊改口說：「我也沒有鬧什麼脾氣，我不過教學程應該懂事些。」

「他哪裡懂得你心裡的事呢！」她可是更氣忿了，「他如果能懂事，早就點了燈籠火把，尋了那孝女來了。好在你已經給她買好了一塊肥皀在這裡，只要再去買一塊……」

「胡說！那話是那光棍說的。」

「不見得。只要再去買一塊，給她咯支咯支的遍身洗一洗，供起來，天下也就太平了。」

「什麼話？那有什麼相干？我因爲記起了你沒有肥皀……」

「怎麼不相干？你是特誠買給孝女的，你咯支咯支的去洗去。我不配，我不要，我也不要沾孝女的光。」

「這眞是什麼話？你們女人……」四銘支吾著，臉上也像學程練了八卦拳之後似的流出油汗來，但大約大半也因爲吃了太熱的飯。

「我們女人怎麼樣？我們女人，比你們男人好得多。你們男人不是罵十八九歲的女學生，就是稱讚十八九歲的女討飯：都不是什麼好心思。『咯支咯支』，簡直是不要臉！」

「我不是已經說過了？那是一個光棍……」

「四翁！」外面的暗中忽然起了極響的叫喊。

「道翁麼？我就來！」四銘知道那是高聲有名的何道統，便遇赦似的，也高興的大聲說：「學程，你快點燈照何老伯到書房去！」

學程點了燭，引著道統走進西邊的廂房裡。後面還跟著卜薇園。

「失迎失迎！對不起！」四銘還嚼著飯，出來拱一拱手，說：「就在舍間用便飯，何如？……」

「已經偏過了。」薇園迎上去，也拱一拱手，說：「我們連夜趕來，就為了那移風文社的第十八屆徵文題目。明天不是『逢七天』麼？」

「哦！今天十六？」四銘恍然的說。

「你看，多麼胡塗！」道統大嚷道。

「那麼，就得連夜送到報館去，要他明天一準登出來。」

「文題我已經擬下了。你看怎樣，用得用不得？」道統說著，就從手巾包裡挖出一張紙條來交給他。

四銘踱到燭台面前，展開紙條，一字一字的讀下去：

「『恭擬全國人民合詞籲請貴大總統特頒明令專重聖經崇祀孟母天以挽頽風而存國粹文』——好極好極！可是字數太多了罷？」

「不要緊的！」道統大聲說：「我算過了，還無須乎多加廣告費。但是詩題呢？」

「詩題麼？」四銘忽而恭敬之狀可掬了。「我倒有一個在這裡：孝女行。那是實事，應該表彰表彰她。我今天在大街上……」

「哦哦！那不行。」薇園連忙搖手，打斷他的話，「那是我也看見的。她大概是『外路人』，我不懂她的話，她也不懂我的話，不知道她究竟是哪裡人。大家倒都說她是孝女，然而我問她可能做詩，她搖搖頭。要是能做詩，那就好了。」

「然而忠孝是大節，不會做詩也可以將就……」

「那倒不然，而孰知不然！」薇園攤開手掌，向四銘連搖帶推的奔過去，力爭說：「要會做詩，然後有趣。」

「我們，」四銘推開他，「就用這個題目，加上說明，登報去。一來可以表彰她；二來可以藉此針砭社會。現在的社會還成個什麼樣子？！我從旁考察了好半天，竟不見有什麼人給一個錢，這豈不是全無心肝……」

「阿呀，四翁！」薇園又奔過來，「你簡直是在『對著和尚罵賊禿』了。我就沒有給錢，我那時恰恰身邊沒有帶著。」

「不要多心，薇翁！」四銘又推開他，「你自然在外，又作別論。你聽我講下去：她們面前圍了一大群人，毫無敬意，只是打趣。還有兩個光棍，那是更其肆無忌憚了，有一個簡直說：『阿發，你去買兩塊肥皂來，咯支咯支遍身洗一洗，好得很哩！』你想，這……」

「哈哈哈！兩塊肥皂！」道統的響亮的笑聲突然發作了，震得人耳朵嗡嗡的叫。「你買，哈哈，哈哈！」

「道翁，道翁，你不要這麼嚷！」四銘吃了一驚，慌張的說。

「咯支咯支，哈哈！」

「道翁！」四銘沉下臉來了，「我們講正經事，你怎麼只胡鬧，鬧得人頭昏。你聽，我們就用這兩個題目，即刻送到報館去，要他明天一準登出來。這事只好偏勞你們兩位了，」

「可以可以，那自然。」薇園極口應承說。

「呵呵，洗一洗，咯支……唏唏……」

「道翁！」四銘憤憤的叫。

道統給這一喝，不笑了。他們擬好了說明，薇園謄在信箋上，就和道統跑往報館去。四銘拿著燭台，送出門口，回到堂屋的外面，心裡就有些不安逸，但略一躊躇，也終於跨進門檻去了。他一進門，迎頭就看見中央的方桌中間放著那肥皂的葵綠色的小小的長方包，包中央的金印子在燈光下明晃晃的發閃，周圍還有細小的花紋。

秀兒和招兒都蹲在桌子下橫的地上玩；學程坐在右橫查字典。最後在離燈最遠的陰影裡的高背椅子上發見了四太太，燈光照處，見她死板板的臉上並不顯出什麼喜怒，眼睛也並不看著什麼東西。

「咯支咯支，不要臉不要臉……」

四銘微微的聽得秀兒在他背後說，回頭看時，什麼動作也沒有了，只有招兒還用了她兩隻小手的指頭在自己臉上抓。

他覺得存身不住，便熄了燭，踱出院子去。他來回的踱，一不小心，母雞和小雞又唧唧足足的叫了起來，他立即放輕腳步，並且走遠些。經過許多時，堂屋裡的燈移到臥室裡去了。他看見一地月光，彷彿滿鋪了無縫的白紗，玉盤似的月亮現在白雲間，看不出一點缺。

他很有些悲傷，似乎也像孝女一樣，成了「無告之民」，孤苦零丁了。他這一夜睡得非常晚。

但到第二天的早晨，肥皂就被錄用了。這日他比平日起得遲，看見她已經伏在洗臉台上擦脖子，肥皂的泡沫就如大螃蟹嘴上的水泡一般，高高的堆在兩個耳朵後，比起先前用皂莢時候的只有一層極薄的白沫來，那高低真有霄壤之別了。從此之後，四太太的身上便總帶著些似橄欖非橄欖的說不清的香味；幾乎小半年，這才忽而換了樣，凡有聞到的都說那可似乎是檀香。

一九二四年三月二十二日。

弟兄

公益局一向無公可辦，幾個辦事員在辦公室裡照例的談家務。秦益堂捧著水煙筒咳得喘不過氣來，大家也只得住口。久之，他抬起紫脹著的臉來了，還是氣喘吁吁的，說：

「到昨天，他們又打起架來了，從堂屋一直打到門口，我怎麼喝也喝不住。」他生著幾根花白鬍子的嘴唇還抖著。「老三說，老五折在公債票上的錢是不能開公賬的，應該自己賠出來……」

「你看，還是爲錢！」張沛君就慷慨地從破的躺椅上站起來，兩眼在深眼眶裡慈愛地閃爍。「我眞不解自家的弟兄何必這樣斤斤計較，豈不是橫豎都一樣？……」

「像你們的弟兄，哪裡有呢！」益堂說。

「我們就是不計較，彼此都一樣。我們就將錢財兩字不放在心上。這麼一來，什麼事也沒有了。有誰家鬧著要分的，我總是將我們的情形告訴他，勸他們不要計較。益翁也只要對令郎開導開導……」

「那～～～裡……」益堂搖頭說。

「這大概也怕不成。」汪月生說，於是恭敬地看著沛君的眼，「像你們的弟兄，實在是少有的，我沒有遇見過。你們簡直是誰也沒有一點自私自利的心思，這就不容易……」

「他們一直從堂屋打到大門口……」益堂說。

「令弟仍然是忙？……」月生問。

「還是一禮拜十八點鐘功課，外加九十三本作文，簡直忙不過來。這幾天可是請假了。身熱，大概是受了一點寒……」

「我看這倒該小心些。」月生鄭重地說：「今天的報上就說，現在時症流行……」

「什麼時症呢？」沛君吃驚了，趕忙地問。

「我可說不清了。記得是什麼熱罷？」

沛君邁開步就奔向閱報室去。

「眞是少有的，」月生目送他飛奔出去之後，向著秦益堂讚嘆著，「他們兩個人就像一個人。要是所有的弟兄都這樣，家裡哪裡還會鬧亂子。我就學不來……」

「說是折在公債票上的錢不能開公賬……」益堂將紙煤子插在紙煤管子裡，恨恨地說。

辦公室中暫時的寂靜，不久就被沛君的步聲和叫聽差的聲音震破了。他彷彿已經有什麼大難臨頭似的，說話有些口吃了，聲音也發著抖。他叫聽差打電話給普悌思普大夫，請他即刻到同興公寓張沛君那裡去看病。

月生便知道他很著急，因爲向來知道他雖然相信西醫，而進款不多，平時也節省，現在卻請的是這裡第一個有名而價貴的醫生。於是迎了出去，只見他臉色青青的站在外面聽聽差打電話。

「怎麼了？」

「報上說……說流行的是猩……猩紅熱。我，我午後來局的時，靖甫就是滿臉通紅……已經出門了麼？請……請他們打電話找，請他即刻來，同興公寓，同興公寓……」

他聽聽差打完電話，便奔進辦公室，取了帽子。汪月生也代爲著急，跟了進去。

「局長來時，請給我請假，說家裡有病人，看醫生……」他胡亂點著頭，說。

「你去就是。局長也未必來。」月生說。

但是他似乎沒有聽到，已經奔出去了。

他到路上，已不再較量車價，如平時一般，一看見一個稍微壯大，似乎能走的車夫，問過價錢，便一腳跨上車去，道：「好。只要給我快走！」

公寓卻如平時一般，很平安，寂靜；一個小夥計仍舊坐在門外拉胡琴。他走進他兄弟的臥室，覺得心跳得更利害，因爲他臉上似乎見得更通紅了，而且發喘。他伸手去一摸他的頭，又熱得炙手。

「不知道是什麼病？不要緊罷？」靖甫問，眼裡發出憂疑的光，顯係他自己也覺得不尋常了。

「不要緊的……傷風罷了。」他支吾著回答說。

他平時是專愛破除迷信的，但此時卻覺得靖甫的樣子和說話都有些不祥，彷彿病人自己就有了什麼預感。這思想更使他不安，立即走出，輕輕地叫了夥計，使他打電話去問醫院：可曾找到了普大夫？

「就是啦，就是啦！還沒有找到。」夥計在電話口邊說。

沛君不但坐不穩，這時連立也不穩了。但他在焦急中，卻忽而碰著了一條生路：也許並不是猩紅熱。然而普大夫沒有找到……同寓的白問山雖然是中醫，或者於病名倒還能斷定的，但是他曾經對他說過好幾回攻擊中醫的話；況且追請普大夫的電話，他也許已經聽到了……

然而他終於去請白問山。

白問山卻毫不介意，立刻戴起玳瑁邊墨晶眼鏡，同到靖甫的房裡來。他診過脈，在臉上端詳一回，又翻開衣服看了胸部，便從從容容地告辭。沛君跟在後面，一直到他的房裡。

他請沛君坐下，卻是不開口。

「問山兄，舍弟究竟是……？」他忍不住發問了。

「紅斑痧。你看他已經『見點』了。」

「那麼，不是猩紅熱？」沛君有些高興起來。

「他們西醫叫猩紅熱，我們中醫叫紅斑痧。」

這立刻使他手腳覺得發冷。

「可以醫麼？」他愁苦地問。

「可以。不過這也要看你們府上的家運。」

他已經胡塗得連自己也不知道怎樣竟請白問山開了藥方，從他房裡走出，但當經過電話機旁的時候，卻又記起普大夫來了。他仍然去問醫院，答說已經找到了，可是很忙，怕去得晚，須待明天早晨也說不定的。然而他還叮囑他要今天一定到。

他走進房去點起燈來看，靖甫的臉更覺得通紅了，的確還現出更紅的點子，眼瞼也浮腫起來。他坐著，卻似乎所坐的是針氈，在夜的漸就寂靜中，在他的翹望中，每一輛汽車的汽笛的呼嘯聲更使他聽得分明，有時竟無端疑爲普大夫的汽車，跳起來去迎接。但是他還未走到門口，那汽車卻早經駛過去了。惘然地回身，經過院落時，見皓月已經西升，鄰家的一株古槐便投影地上，森森然更來加濃了他陰鬱的心地。

突然一聲烏鴉叫。這是他平日常常聽到的，那古槐上就有三四個烏鴉窠。但他現在卻嚇得幾乎站住了，心驚肉跳地輕輕地走進靖甫的房裡時，見他閉了眼躺著，滿臉彷彿都見得浮腫，但沒有睡，大概是聽到腳步聲了，忽然張開眼來，那兩道眼光在燈光中異樣地淒愴地發閃。

「信麼？」靖甫問。

「不，不！是我。」他吃驚，有些失措，吃吃地說：「是我。我想還是去請一個西醫來，好得快一點。他還沒有來……」靖甫不答話，合了眼。他坐在窗前的書桌旁邊，一切都靜寂，只聽得病人的急促的呼吸聲，和鬧鐘的札札地作響。忽而遠遠地有汽車的汽笛發響了，使他的心立刻緊張起來，聽它漸近，漸近，大概正到門口，要停下了罷，可是立刻聽出，駛過去了。這樣的許多回，他知道了汽笛聲的各樣：有如吹哨子的，有如擊鼓的，有如放屁的，有如狗叫的，有如鴨叫的，有如牛吼的，有如母雞驚啼的，有如嗚咽的……他忽而怨憤自己：爲什麼早不留心，知道，那普大夫的汽笛是怎樣的聲音的呢？

對面的寓客還沒有回來。照例是看戲，或是打茶圍去了。但夜卻已經很深了，連汽車也逐漸地減少。強烈的銀白色的月光照得紙窗發白。

他在等待的厭倦裡，身心的緊張慢慢地弛緩下來了，至於不再去留心那些汽笛。但凌亂的思緒卻又乘機而起；他彷彿知道靖甫生的一定是猩紅熱，而且是不可救的。那麼，家計怎麼支持呢？靠自己一個？雖然住在小城裡，可是百物也昂貴起來了……自己的三個孩子，他的兩個，養活尚且難，還能進學校去讀書麼？只給一兩個讀書呢，那自然是自己的康兒最聰明——然而大家一定要批評，說是薄待了兄弟的孩子……

後事怎麼辦呢？連買棺木的款子也不夠，怎麼能夠運回家，只好暫時寄頓在義莊裡……

忽然遠遠地有一陣腳步聲進來，立刻使他跳起來了，走出房去，卻知道是對面的寓客。

「先帝爺，在白帝城……」

他一聽到這低微高興的吟聲，便失望，憤怒，幾乎要奔上去叱罵他。但他接著又看見夥計提著風雨燈，燈光中照出後面跟著的皮鞋，上面的微明裡是一個高大的人，白臉孔，黑的絡腮鬍子。這正是普悌思。

他像是得了寶貝一般，飛跑上去，將他領入病人的房中。兩人都站在床面前，他擎了洋燈，照著。

「先生，他發燒……」沛君喘著說。

「什麼時候，起的？」普悌思兩手插在褲側的袋子裡，凝視著病人的臉，慢慢地問。

「前天。不！大……大大前天。」

普大夫不作聲，略略按一按脈，又叫沛君擎高了洋燈，照著他在病人的臉上端詳一回；又叫揭去被臥，解開衣服來給他看。看過之後，就伸出手指，在肚子上去一摸。

「Measles……」普悌思低聲自言自語似的說。

「疹子麼？」他驚喜得聲音也似乎發抖了。

「疹子。」

「就是疹子？……」

「疹子。」

「你原來沒有出過疹子？……」

他高興地剛在問靖甫時，普大夫已經走向書桌那邊去了，於是也只得跟過去。只見他將一隻腳踏在椅子上，拉過桌上的一張信箋，從衣袋裡掏出一段很短的鉛筆，就桌上颼颼地寫了幾個難以看清的字，這就是藥方。

「怕藥房已經關了罷？」沛君接了方，問。

「明天不要緊。明天吃。」

「明天再看？……」

「不要再看了。酸的，辣的，太鹹的，不要吃。熱退了之後，拿小便，送到我的，醫院裡來，查一查，就是了。裝在，乾淨的，玻璃瓶裡；外面，寫上名字。」

普大夫且說且走，一面接了一張五元的鈔票塞入衣袋裡，一徑出去了。他送出去，看他上了車，開動了，然後轉身，剛進店門，只聽得背後 go go 兩聲，他才知道普悌思的汽車的叫聲原來是牛吼似的。但現在是知道也沒有什麼用了，他想。

房子裡連燈光也顯得愉悅，沛君彷彿萬事都已做訖，周圍都很平安，心裡倒是空空洞洞的模樣。他將錢和藥方交給跟著進來的夥計，叫他明天一早到美亞藥房去買藥，因爲這藥房是普大夫指定的，說惟獨這一家的藥品最可靠。

「東城的美亞藥房！一定得到那裡去。記住，美亞藥房！」他跟在出去的夥計後面，說。

院子裡滿是月色，白得如銀；「在白帝城」的鄰人已經睡覺了，一切都很幽靜。只有桌上的鬧鐘愉快而平勻地札札地作響；雖然聽到病人的呼吸，卻是很調和。他坐下不多久，忽又高興起來。

「你原來這麼大了，竟還沒有出過疹子？」他遇到了什麼奇蹟似的，驚奇地問。

「……」

「你自己是不會記得的。須得問母親才知道。」

「……」

「母親又不在這裡。竟沒有出過疹子。哈哈哈！」

沛君在床上醒來時，朝陽已從紙窗上射入，刺著他朦朧的眼睛。但他卻不能即刻動彈，只覺得四肢無力，而且背上冷冰冰的還有許多汗，而且看見床前站著一個滿臉流血的孩子，自己正要去打她。

但這景象一剎那間便消失了，他還是獨自睡在自己的房裡，沒有一個別的人。他解下枕衣來拭去胸前和背上的冷汗，穿好衣服，走向靖甫的房裡去時，只見「在白帝城」的鄰人正在院子裡漱口，可見時候已經很不早了。

靖甫也醒著了，眼睜睜地躺在床上。

「今天怎樣？」他立刻問。

「好些……」

「藥還沒有來麼？」

「沒有。」

他便在書桌旁坐下，正對著眠床。看靖甫的臉，已沒有昨天那樣通紅了。但自己的頭卻還覺得昏昏的，夢的斷片也同時閃閃爍爍地浮出：

——靖甫也正是這樣地躺著，但卻是一個死屍。他忙著收殮，獨自背了一口棺材，從大門外一徑背到堂屋裡去。地方彷彿是在家裡，看見許多熟識的人們在旁邊交口讚頌……

——他命令康兒和兩個弟妹進學校去了，卻還有兩個孩子哭嚷著要跟去。他已經被哭嚷的聲音纏得發煩，但同時也覺得自己有了最高的威權和極大的力。他看見自己的手掌比平常大了三四倍，鐵鑄似的，向荷生的臉上一掌批過去……

他因為這些夢跡的襲擊，怕得想站起來，走出房外去，但終於沒有動。也想將這些夢跡壓下，忘卻，但這些卻像攪在水裡的鵝毛一般，轉了幾個圈，終於非浮上來不可：

——荷生滿臉是血，哭著進來了。他跳在神堂上……那孩子後面還跟著一群相識和不相識的人。他知道他們是都來攻擊他的……

——「我絕不至於昧了良心。你們不要受孩子的誑話的騙……」他聽得自己這樣說。

——荷生就在他身邊，他又舉起了手掌……

他忽而清醒了，覺得很疲勞，背上似乎還有些冷。靖甫靜靜地躺在對面，呼吸雖然急促，卻是很調勻。桌上的鬧鐘似乎更用了大聲札札地作響。

他旋轉身子去，對了書桌，只見蒙著一層塵，再轉臉去看紙窗，掛著的日曆上寫著兩個漆黑的隸書：廿七。

夥計送藥進來了，還拿著一包書。

「什麼？」靖甫睜開了眼睛，問。

「藥。」他也從惝怳中覺醒，回答說。

「不！那一包。」

「先不管它。吃藥罷！什麼」他給靖甫服了藥，這才拿起那包書來看，道：「索士寄來的。一定是你向他去借的那一本：《Sesame and Lilies》。」

靖甫伸手要過書去，但只將書面一看，書脊上的金字一摩，便放在枕邊，默默地合上眼睛了。過了一會，高興地低聲說：

「等我好起來，譯一點寄到文化書館去賣幾個錢，不知道他們可要……」

這一天，沛君到公益局比平日遲得多，將要下午了；辦公室裡已經充滿了秦益堂的水煙的煙霧。汪月生遠遠地望見，便迎出來。

「嚄！來了。令弟痊癒了罷？我想，這是不要緊的；時症年年有，沒有什麼要緊。我和益翁正惦記著呢！都說：怎麼還不見來？現在來了，好了！但是，你看，你臉上的氣色，多少……是的，和昨天多少兩樣。」

沛君也彷彿覺得這辦公室和同事都和昨天有些兩樣，生疏了，雖然一切也還是他曾經看慣的東西：斷了的衣鉤，缺口的唾壺，雜亂而塵封的案卷，折足的破躺椅，坐在躺椅上捧著水煙筒咳嗽而且搖頭嘆氣的秦益堂……

「他們也還是一直從堂屋打到大門口……」

「所以呀，」月生一面回答他，「我說你該將沛兄的事講給他們，教他們學學他。要不然，眞要把你老頭兒氣死了……」

「老三說，老五折在公債票上的錢是不能算公用的，應該……應該……」益堂咳得彎下腰去了。

「眞是『人心不同』……」月生說著，便轉臉向了沛君，「那麼，令弟沒有什麼」

「沒有什麼。醫生說是疹子。」

「疹子？是呵！現在外面孩子們正鬧著疹子。我的同院住著的三個孩子也都出了疹子了。那是毫不要緊的。但你看，你昨天竟急得那麼樣，叫旁人看了也不能不感動。這眞所謂『兄弟怡怡』。」

「昨天局長到局了沒有？」

「還是『杳如黃鶴』。你去簿子上補畫上一個『到』就是了。」

「說是應該自己賠。」益堂自言自語地說：「這公債票也眞害人，我是一點也莫名其妙。你一沾手就上當。到昨天，到晚上，也還是從堂屋一直打到大門口。老三多兩個孩子上學，老五也說他多用了公衆的錢，氣不過……」

「這眞是愈加鬧不清了！」月生失望似的說：「所以看見你們弟兄，沛君，我眞是『五體投地』。是的，我敢說，這絕不是當面恭維的話。」

沛君不開口，望見聽差的送進一件公文來，便迎上去接在手裡。月生也跟過去，就在他手裡看著，念道：

「『公民郝上善等呈：東郊倒斃無名男屍一具請飭分局速行撥棺抬埋以資衛生而重公益由』。我來辦。你還是早點回去罷！你一定惦記著令弟的病。你們眞是『鶺鴒在原』……」

「不！」他不放手，「我來辦。」

月生也就不再去搶著辦了。沛君便十分安心似的沉靜地走到自己的桌前，看著呈文，一面伸手去揭開了綠鏽斑斕的墨盒蓋。

一九二五年十一月三日。

示眾

首善之區的西城的一條馬路下，這時候什麼擾攘也沒有。火焰焰的太陽雖然還未直照，但路上的沙土彷彿已是閃爍地生光；酷熱滿和在空氣裡面，到處發揮著盛夏的威力。許多狗都拖出舌頭來，連樹上的烏老鴉也張著嘴喘氣——但是，自然也有例外的。遠處隱隱有兩個銅盞相擊的聲音，使人憶起酸梅湯，依稀感到涼意，可是那懶懶的單調的金屬音的間作，卻使那寂靜更其深遠了。

只有腳步聲，車夫默默地前奔，似乎想趕緊逃出頭上的烈日。

「熱的包子咧！剛出屜的……」

十一二歲的胖孩子，細著眼睛，歪了嘴在路旁的店門前叫喊。聲音已經嘶嗄了，還帶些睡意，如給夏天的長日催眠。他旁邊的破舊桌下上就有二三十個饅頭包子，毫無熱氣，冷冷地坐著。

「荷阿！饅頭包子咧，熱的……」

像用力擲在牆上而反撥過來的皮球一般，他忽然飛在馬路的那邊了。在電桿旁，和他對面，正向著馬路，其時也站定了兩個人，一個是淡黃制服的掛刀的面黃肌瘦的巡警，手裡牽著繩頭，繩的那頭就拴在別一個穿藍布大衫上罩白背心的男人的臂膊上。這男人戴一頂新草帽，帽檐四面下垂，遮住了眼睛的一帶。但胖孩子身體矮，仰起臉來看時，卻正撞見這人的眼睛了。那眼睛也似乎正在看他的腦殼。他連忙順下眼，去看白背心，只見背心上一行一行地寫著些大大小小的什麼字。

剎時間，也就圍滿了大半圈的看客。待到增加了禿頭的老頭子之後，空缺已經不多，而立刻又被一個赤膊的紅鼻子胖大漢補滿了。這胖子過於橫闊，占了兩人的地位，所以續到的便只能屈在第二層，從前面的兩個脖子之間伸進腦袋去。

禿頭站在白背心的略略正對面，彎了腰，去研究背心上的文字，終於讀起來：

「嗡，都，哼，八，而……」

胖孩子卻看見那白背心正研究著這發亮的禿頭，他也便跟著去研究，就只見滿頭光油油的，耳朵左近還有一片灰白色的頭髮，此外也不見得有怎樣新奇。但是後面的一個抱著孩子的老媽子卻想乘機擠進來了。禿頭怕失了位置，連忙站直；文字雖然還未讀完，然而無可奈何，只得另看白背心的臉：草帽檐下半個鼻子，一張嘴，尖下巴。

又像用了力擲在牆上而反撥過來的皮球一般，一個小學生飛奔上來，一手按住了自己頭上的雪白的小布帽，向人叢中直鑽進去。但他鑽到第三——也許是第四——層，竟遇見一件不可動搖的偉大的東西了，抬頭看時，藍褲腰上面有一座赤條條的很闊的背脊，背脊上還有汗正在流下來。他知道無可措手，只得順著褲腰右行，幸而在盡頭發現了一條空處，透著光明。他剛剛低頭要鑽的時候，只聽得一聲「什麼」，那褲腰以下的屁股向右一歪，空處立刻閉塞，光明也同時不見了。

但不多久，小學生卻從巡警的刀旁邊鑽出來了。他詫異地四顧：外面圍著一圈人，上首是穿白背心的，那對面是一個赤膊的胖小孩，胖小孩後面是一個赤膊的紅鼻子胖大漢。他這時隱約悟出先前的偉大的障礙物的本體了，便驚奇而且佩服似的只望著紅鼻子。胖小孩本是注視著小學生的臉的，於是也不禁依了他的眼光，回轉頭去。在那裡是一個很胖的奶子，奶頭四近有幾枝很長的毫毛。

「他，犯了什麼事啦？……」

大家都愕然看時，是一個工人似的粗人，正在低聲下氣地請教那禿頭老頭子。

禿頭不作聲，單是睜起了眼睛看定他。他被看得順下眼光去過一會再看時，禿頭還是睜起了眼睛看定他，而且別的人也似乎都睜了眼睛看定他。他於是彷彿自己就犯了罪似的侷促起來，終至於慢慢退後，溜出去了。一個挾洋傘的長子就來補了缺；禿頭也旋轉臉去再看白背心。

長子彎了腰，要從垂下的草帽檐下去賞識白背心的臉，但不知道爲什麼忽又站直了。於是他背後的人們又須竭力伸長了脖子；有一個瘦子竟至於連嘴部張得很大，像一條死鱸魚。

巡警，突然間，將腳一提。大家又愕然，趕緊都看他的腳。然而他又放穩了，於是又看白背心。長子忽又彎了腰，還要從垂下的草帽檐下去窺測，但即刻也就立直，擎起一隻手來拚命搔頭皮。

禿頭不高興了，因爲他先覺得背後有些不太平，接著耳朵邊就有唧咕唧咕的聲響。他雙眉一鎖，回頭看時，緊挨他右邊，有一隻黑手拿著半個大饅頭正在塞進一個貓臉的人的嘴裡去。他也就不說什麼，自去看白背心的新草帽了。

忽然，就有暴雷似的一擊，連橫闊的胖大漢也不免向前一蹌踉。同時，從他肩髆上伸出一隻胖得不相上下的臂髆來，展開五指，拍的一聲正打在胖孩子的臉頰上。

「好快活！你媽的……」同時，胖大漢後面就有一個彌勒佛似的更圓的胖臉這麼說。

胖孩子也蹌踉了四五步，但是沒有倒，一手按著臉頰，旋轉身，就想從胖大漢的腿旁的空隙間鑽出去。胖大漢趕忙站穩，並且將屁股一歪，塞住了空隙，恨恨地問道：

「什麼？」

胖孩子就像小鼠子落在捕機裡似的，倉皇了一會，忽然向小學生那一面奔去，推開他，衝出去了。小學住也返身跟出去了。

「嚇，這孩子……」總有五六個人都這樣說。

待到重歸平靜，胖大漢再看白背心的臉的時候，卻見白背心正在仰面看他的胸脯；他慌忙低頭也看自己的胸脯時，只見兩乳之間的窪下的坑裡有一片汗，他於是用手掌拂去這些汗。

然而形勢似乎總不甚太平了。抱著小孩的老媽子因爲在騷擾時四顧，沒有留意，頭上梳著的喜鵲尾巴似的「蘇州俏」便碰了站在旁邊的車夫的鼻梁。車夫一推，卻正推在孩子上；孩子就扭轉身來，向著圈外，嚷著要回去了。老媽子先也略略一蹌踉，但便即站定，旋轉孩子來使他正對白背心，一手指點著，說道：

「阿，阿，看呀！多麼好看哪……」

空隙間忽而探進一個戴硬草帽的學生模樣的頭來，將一粒瓜子之類似的東西放在嘴裡，下顎向上一磕，咬開，退出去了。這地方就補上了一個滿頭油汗而粘著灰土的橢圓臉。

挾洋傘的長子也已經生氣，斜下了一邊的肩膊，皺眉疾視著肩後的死鱸魚。大約從這麼大的大嘴裡呼出來的熱氣，原也不易招架的，而況又在盛夏。禿頭正仰視那電桿上釘著的紅牌上的四個白字，彷彿很覺得有趣。胖大漢和巡警都斜了眼研究著老媽子的鉤刀般的鞋尖。

「好！」

什麼地方忽有幾個人同聲喝采。都知道該有什麼事情起來了，一切頭便全數回轉去。連巡警和他牽著的犯人也都有些搖動了。

「剛出屜的包子咧！荷阿，熱的……」

路對面是胖孩子歪著頭，磕睡似的長呼；路上是車夫們默默地前奔，似乎想趕緊逃出頭上的烈日。大家都幾乎失望了，幸而放出眼光去四處搜索，終於在相距十多家的路上，發見了一輛洋車停放著，一個車夫正在爬起來。

圓陣立刻散開，都錯錯落落地走過去。胖大漢走不到一半，就歇在路邊的槐樹下；長子比禿頭和橢圓臉走得快，接近了。車上的座客依然坐著，車夫已經完全爬起，但還在摩自己的膝髁。周圍有五六個人笑嘻嘻地看他們。

「成麼？」車夫要來拉車時，坐客便問。

他只點點頭，拉了車就走；大家就惘惘然目送他。起先還知道哪一輛是曾經跌倒的車，後來被別的車一混，知不清了。

馬路上就很清閒，有幾隻狗伸出了舌頭喘氣。胖大漢就在槐蔭下看那很快地一起一落的狗肚皮。

老媽子抱了孩子從屋檐陰下趦過去了。胖孩子歪著頭，擠細了眼睛，拖長聲音，磕睡地叫喊——

「熱的包子咧！荷阿……剛出屜的……」

一九二五年三月十八日。

高老夫子

這一天，從早晨到午後，他的工夫全費在照鏡，看《中國歷史教科書》和查《袁了凡綱鑒》裡；眞所謂「人生識字憂患始」，頓覺得對於世事很有些不平之意了，而且這不平之意是他從來沒有經驗過的。

首先就想到往常的父母實在太不將兒女放在心裡。他還在孩子的時候，最喜歡爬上桑樹去偷桑椹吃，但他們全不管，有一回竟跌下樹來磕破了頭，又不給好好地醫治，至今左邊的眉稜上還帶著一個永不消滅的尖劈形的瘢痕。他現在雖然格外留長頭髮，左右分開，又斜梳下來，可以勉強遮住了，但究竟還看見尖劈的尖，也算得一個缺點，萬一給女學生發見，大概是免不了要看不起的。他放下鏡子，怨憤地吁一口氣。

其次，是《中國歷史教科書》的編纂者竟太不爲教員設想。他的書雖然和《了凡綱鑒》也有些相合，但大段又很不相同，若即若離，令人不知道講起來應該怎樣拉在一處。但待到他瞥著那夾在教科書裡的一張紙條，卻又怨起中途辭職的歷史教員來了，因爲那紙條上寫的是：

「從第八章《東晉之興亡》起。」

如果那人不將三國的事情講完，他的預備就絕不至於這麼困苦。他最熟悉的就是三國，例如桃園三結義、孔明借箭、三氣周瑜、黃忠定軍山斬夏侯淵以及其他種種，滿肚子都是，一學期也許講不完。到唐朝，則有秦瓊賣馬之類，便又較爲擅長了。誰料偏偏是東晉。他又怨憤地吁一口氣，再拉過《了凡綱鑒》來。

「嗆！你怎麼外面看看還不夠，又要鑽到裡面去看了？」

一隻手同時從他背後彎過來，一撥他的下巴。但他並不動，因爲從聲音和舉動上，便知道是暗暗踅進來的打牌的老朋友黃三。他雖然是他的老朋友，一禮拜以前還一同打牌，看戲，喝酒，跟女人，但自從他在《大中日報》上發表了《論中華民國皆有整理國史之義務》這一篇膾炙人口的名文，接著又得了賢良女學校的聘書之後，就覺得這黃三一無所長，總有些下等相了。所以他並不回頭，板著臉正正經經地回答道：

「不要胡說！我正在預備功課……」

「你不是親口對老缽說的麼：你要謀一個教員做，去看看女學生？」

「你不要相信老缽的狗屁！」

黃三就在他桌旁坐下，向桌面上一瞥，立刻在一面鏡子和一堆亂書之間，發見了一個翻開著的大紅紙的帖子。他一把抓來，瞪看眼睛一字一字地看下去：

> 今敦請
>
> 爾礎高老夫子為本校歷史教員每周授課
>
> 四小時每小時敬送修金大洋三角正
>
> 按時間計算此約
>
> 賢良女學校校長何萬淑貞斂衽謹訂
>
> 中華民國十三年夏曆菊月吉旦　　立

「『爾礎高老夫子？』誰呢？你麼？你改了名字了麼？」黃三一看完，就性急地問。

但高老夫子只是高傲地一笑。他的確改了名字了。然而黃三只會打牌，到現在還沒有留心新學問、新藝術。他既不知道有一個俄國大文豪高爾基，又怎麼說得通這改名的深遠的意義呢？所以他只是高傲地一笑，並不答覆他。

「喂喂，老桿，你不要鬧這些無聊的玩意兒了！」黃三放下聘書，說：「我們這裡有了一個男學堂，風氣已經鬧得夠壞了；他們還要開什麼女學堂，將來眞不知道要鬧成什麼樣子才罷！你何苦也去鬧，犯不上……」

「這也不見得。況且何太太一定要請我，辭不掉……」因爲黃三毀謗了學校，又看手錶上已經兩點半，離上課時間只有半點了，所以他有些氣忿，又很露出焦躁的神情。

「好！這且不談。」黃三是乖覺的，即刻轉帆，說：「我們說正經事罷。今天晚上我們有一個局面。毛家屯毛資甫的大兒子在這裡了，來請陽宅先生看墳地去的，手頭現帶著二百番（「番」是「番餅」的簡稱。舊時我國某些地區稱從外國流入的銀幣爲「番餅」）。我們已經約定，晚上湊一桌，一個我，一個老鉢，一個就是你。你一定來罷，萬不要誤事。我們三個人掃光他！」

老桿——高老夫子——沉吟了，但是不開口。

「你一定來，一定！我還得和老鉢去接洽一回。地方還是在我的家裡。那傻小子是『初出茅廬』，我們準可以掃光他！你將那一副竹紋清楚一點的交給我罷！」

高老夫子慢慢地站起來，到床頭取了馬將牌盒，交給他。一看手錶，兩點四十分了。他想：黃三雖然能幹，但明知道我已經做了教員，還來當面毀謗學堂，又打攪別人的預備功課，究竟不應該。他於是冷淡地說道：

「晚上再商量罷！我要上課去了。」

他一面說，一面恨恨地向《了凡綱鑒》看了一眼，掌起教科書，裝在新皮包裡，又很小心地戴上新帽子，便和黃三出門。他一出門，就放開腳步，像木匠牽著的鑽子似的，肩膀一扇一扇地直走，不多久，黃三便連他的影子也望不見了。

高老夫子一跑到賢良女學校，即將新印的名片交給一個駝背的老門房。不一忽，就聽到一聲「請」。他於是跟著駝背走，轉過兩個彎，已到教員預備室了，也算是餐廳。何校長不在校；迎接他的是花白鬍子的教務長，大名鼎鼎的萬瑤圃，別號「玉皇香案吏」的，新近正將他自己和女仙贈答的詩《仙壇酬唱集》陸續登在《大中日報》上。

「阿呀！礎翁！久仰久仰……」萬瑤圃連連拱手，並將膝關節和腿關節接連彎了五六彎，彷彿想要蹲下去似的。

「阿呀！瑤翁！久仰久仰……」礎翁夾著皮包照樣地做，並且說。

他們於是坐下。一個似死非死的校役便端上兩杯白開水來。高老夫子看看對面的掛鐘，還只兩點四十分，和他的手錶要差半點。

「阿呀！礎翁的大作，是的，那個……是的，那──『中國國粹義務論』，眞要言不煩，百讀不厭！實在是少年人們的座右銘，座右銘座右銘！兄弟也頗喜歡文學，可是，玩玩而已，怎麼比得上礎翁。」他重行拱一拱手，低聲說：「我們的盛德乩壇天天請仙，兄弟也常常去唱和。礎翁也可以光降光降罷。那乩仙就是蕊珠仙子，從她的語氣上看來，似乎是一位謫降紅塵的花神。她最愛和名人唱和，也很贊成新黨，像礎翁這樣的學者，她一定大加青眼的。哈哈哈哈！」

但高老夫子卻不很能發表什麼崇論宏議，因爲他的預備——東晉之興亡——本沒有十分足，此刻又並不足的幾分也有些忘卻了。他煩躁愁苦著；從繁亂的心緒中，又湧出許多斷片的思想來：上堂的姿勢應該威嚴；額角的瘢痕總該遮住；教科書要讀得慢；看學生要大方。但同時還模模糊糊聽得瑤圃說著話：

「……賜了一個荸薺……『醉倚青鸞上碧霄』，多麼超脫……那鄧孝翁叩求了五回，這才賜了一首五絕……『紅袖拂天河，莫道……』蕊珠仙子說……礎翁還是第一回……這就是本校的植物園！」

「哦哦！」爾礎忽然看見他舉手一指，這才從亂頭思想中驚覺，依著指頭看去，窗外一小片空地，地上有四五株樹，正對面是三間小平房。

「這就是講堂。」瑤圃並不移動他的手指，但是說。

「哦！哦！」

「學生是很馴良的。她們除聽講之外，就專心縫紉……」

「哦哦！」爾礎實在頗有些窘急了。他希望他不再說話，好給自己聚精會神，趕緊想一想東晉之興亡。

「可惜內中也有幾個想學學做詩。那可是不行的。維新固然可以，但做詩究竟不是大家閨秀所宜。蕊珠仙子也不很贊成女學，以爲淆亂兩儀，非天曹所喜。兄弟還很同她討論過幾回……」

爾礎忽然跳了起來。他聽到鈴聲了。

「不，不！請坐！那是退班鈴。」

「瑤翁公事很忙罷，可以不必客氣……」

「不，不！不忙，不忙！兄弟以爲振興女學是順應世界的潮流，但一不得當，即易流於偏，所以天曹不喜，也許不過是防微杜漸的意思。只要辦理得人，不偏不倚，合乎中庸，一以國粹爲歸宿，那是絕無流弊的。礎翁，你想，可對？這是蕊珠仙子也以爲『不無可採』的話。哈哈哈哈！」

校役又送上兩杯白開水來。但是鈴聲又響了。

瑤圃便請爾礎喝了兩口白開水，這才慢慢地站起來，引導他穿過植物園，走進講堂去。

他心頭跳著，筆挺地站在講台旁邊，只看見半屋子都是蓬蓬鬆鬆的頭髮。瑤圃從大襟袋裡掏出一張信箋，展開之後，一面看，一面對學生們說道：

「這位就是高老師，高爾礎高老師，是有名的學者，那篇有名的《論中華國民皆有整理國史之義務》是誰都知道的。《大中日報》上還說過，高老師是：驟慕俄國文豪高君爾基之爲人，因改字爾礎，以示景仰之意。斯人之出，誠吾中華文壇之幸也！現在經何校長再三敦請，竟惠然肯來，到這裡來教歷史了……」

高老師忽而覺得很寂然，原來瑤翁已經不見，只有自己站在講台旁邊了。他只得跨上講台去，行了禮，定一定神；又記起了態度應該威嚴的成算，便慢慢地翻開書本，來開講「東晉之興亡」。

「嘻嘻！」似乎有誰在那裡竊笑了。

高老夫子臉上登時一熱，忙看書本，和他的話並不錯，上面印著的的確是：「東晉之偏安」。書腦（線裝書打孔穿線的地方）的對面，也還是半屋子蓬蓬鬆鬆的頭髮，不見有別的動靜。他猜想這是自己的疑心，其實誰也沒有笑，於是又定一定神，看住書本，慢慢地講下去。當初，是自己的耳朵也聽到自己的嘴說些什麼的，可是逐漸胡塗起來，竟至於不再知道說什麼，待到發揮「石勒之雄圖」的時候，便只聽得吃吃地竊笑的聲音了。

他不禁向講台下一看。情形和原先已經很不同：半屋子都是眼睛，還有許多小巧的等邊三角形，三角形中都生著兩個鼻孔，這些連成一氣，宛然是流動而深邃的海，閃爍地汪洋地正衝著他的眼光。但當他瞥見時，卻又驟然一閃，變了半屋子蓬鬆鬆的頭髮了。

他也連忙收回眼光，再不敢離開教科書。不得已時，就抬起眼來看看屋頂。屋頂是白而轉黃的洋灰，中央還起了一道正圓形的稜線；可是這圓圈又生動了，忽然擴大，忽然收小，使他的眼睛有些昏花。他預料倘將眼光下移，就不免又要遇見可怕的眼睛和鼻孔聯合的海，只好再回到書本上。這時已經是「淝水之戰」，苻堅快要駭得「草木皆兵」了。

他總疑心有許多人暗暗地發笑，但還是熬著講。明明已經講了大半天，而鈴聲還沒有響。看手錶是不行的，怕學生要小覷。可是講了一會，又到「拓跋氏之勃興」了。接著就是「六國興亡表」，他本以爲今天未必講到，沒有預備的。

他自己覺得講義忽而中止了。

「今天是第一天，就是這樣罷……」他惶惑了一會之後，才斷續地說，一面點一點頭，跨下講台去，也便出了教室的門。

他似乎聽到背後有許多人笑，又彷彿看見這笑聲就從那深邃的鼻孔的海裡出來。他便惘惘然，跨進植物園，向著對面的教員預備室大踏步走。

「嘻嘻嘻！」

他大吃一驚，至於連《中國歷史教科書》也失手落在地上了，因爲腦殼上突然遭了什麼東西的一擊。他倒退兩步，定睛看時，一枝夭斜的樹枝橫在他面前，已被他的頭撞得樹葉都微微發抖。他趕緊彎腰去拾書本。書旁邊豎著一塊木牌，上面寫道：

> 桑
> 桑科

他似乎聽到背後有許多人笑，又彷彿看見這笑聲就從那深邃的鼻孔的海裡出來。於是也就不好意思去撫摩頭上已經疼痛起來的皮膚，只一心跑進教員預備室裡去。

那裡面，兩個裝著白開水的杯子依然，卻不見了似死非死的校役，瑤翁也蹤影全無了。一切都黯淡，只有他的新皮包和新帽了在黯淡中發亮。看壁上的掛鐘，還只有三點四十分。

高老夫子回到自家的房裡許久之後，有時全身還驟然一熱，又無端的憤怒；終於覺得學堂確也要鬧壞風氣，不如停閉的好，尤其是女學堂——有什麼意思呢！喜歡虛榮罷了！

「嘻嘻！」

他還聽到隱隱約約的笑聲。這使他更加憤怒，也使他辭職的決心更加堅固了。晚上就寫信給何校長，只要說自己患了足疾。但是，倘來挽留，又怎麼辦呢？——也不去。女學堂眞不知道要鬧到什麼樣子，自己又何苦去和她們為伍呢？犯不上的。他想。

他於是決絕地將《了凡綱鑒》搬開，鏡子推在一旁，聘書也合上了。正要坐下，又覺得那聘書實在紅得可恨，便抓過來和《中國歷史教科書》一同塞入抽屜裡。

一切大概已經打疊停當，桌上只剩下一面鏡子，眼界清淨得多了。然而還不舒適，彷彿欠缺了半個魂靈。但他當即省悟，戴上紅結子的秋帽，徑向黃三的家裡去了。

「來了，爾礎高老夫子！」老鉢大聲說。

「狗屁！」他眉頭一皺，在老鉢的頭頂上打了一下，說。

「教過了罷？怎麼樣，可有幾個出色的？」黃三熱心地問。

「我沒有再教下去的意思。女學堂真不知道要鬧成什麼樣子。我輩正經人，確乎犯不上醬在一起……」

毛家的大兒子進來了，胖到像一個湯圓。

「阿呀！久仰久仰……」滿屋子的手都拱起來，膝關節和腿關節接二連三地屈折，彷彿就要蹲了下去似的。

「這一位就是先前說過的高干亭兄。」老鉢指著高老夫子，向毛家的大兒子說。

「哦哦！久仰久仰……」毛家的大兒子便特別向他連連拱手，並且點頭。

這屋子的左邊早放好一頂斜擺的方桌，黃三一面招呼客人，一面和一個小鴉頭布置著座位和籌碼。不多久，每一個桌角上都點起一枝細瘦的洋燭來，他們四人便入座了。

萬籟無聲。只有打出來的骨牌拍在紫檀桌面上的聲音，在初夜的寂靜中清徹地作響。

高老夫子的牌風並不壞，但他總還抱著什麼不平。他本來是什麼都容易忘記的，惟獨這一回，卻總以為世風有些可慮，雖然面前的籌碼漸漸增加了，也還不很能夠使他舒適，使他樂觀。但時移俗易，世風也終究覺得好了起來；不過其時很晚，已經在打完第二圈，他快要湊成「清一色」的時候了。

一九二五年五月一日

關於・魯迅

魯迅（一八八一～一九三六），浙江紹興人。中國現代偉大的文學家、思想家和革命家。魯迅原名周樹人，字樟壽，號豫纔；魯迅是其投身五四運動後使用的一個筆名，因爲影響日甚，所以人們就習慣稱他爲「魯迅」。

魯迅，一八八一年九月二十五日出生於紹興都昌坊口一個封建士大夫家庭，七歲啓蒙，十二歲就讀於三味書屋，勤學好問，博聞強記，課餘喜讀野史筆記及民間文學書籍，對繪畫藝術產生濃厚興趣，自此打下堅實的文化基礎。他不囿於四書五經，多方尋求課外讀物，努力掌握歷史文化知識。紹興的悠久歷史和燦爛文化，特別是衆多越中先賢的道德文章，給魯迅的思想以很大的熏陶和影響。魯迅少年時代，祖父因科場案下獄，父親病故，家道從此中落。魯迅由一個封建士大夫大家庭的長房長孫，變成了一個破落戶子弟。家庭所遭受的一系列重大變故，使少年魯迅飽受人間冷暖，世態炎涼，看到了『世人的眞面目』，認識到封建社會的腐朽和沒落。魯迅母親魯瑞，農民的女兒，品格高尙，對魯迅影響很大。

一八九八年春，魯迅離開故鄉，滿懷人生新的希望，考入了南京江南水師學堂，翌年，因不滿學堂的『烏煙瘴氣』，改入江南陸師學堂附設的礦務鐵路學堂。他廣泛接觸西方自然科學和社會科學，閱《時務報》，看《天演論》，深受維新思潮和進化論學說的影響，初步形成「將來必勝於過去，青年必勝於老人」的社會發展觀。

一九○二年，魯迅以優異的成績畢業，被官派赴日留學。他先入東京弘文學院學習日語，後入仙臺醫學專門學校習醫。因深受資產階級民主革命浪潮的影響，積極投身於反清革命的洪流之中，課餘『赴會館，跑書店，往集會，聽講演』，立下了「我以我血薦軒轅」的誓言。一九○六年，魯迅在事實面前，有感於國內同胞的愚弱，認識到改變國民性的重要，便毅然棄醫從文，邁出了人生道路上具有決定意義的一步，選擇了文學藝術，以筆作爲自己救國救民的戰鬥武器。他參與籌辦文藝雜誌《新生》，撰寫了《人之歷史》、《科學史教篇》、《文化偏至論》、《摩羅詩力說》等早期重要論文。魯迅認為，中國的嚴重問題在於人，不在於物；在於精神，不在於物質；在於個性，不在於「衆人」；要「立國」，必先「立人」，而「立人」的關鍵，在於個性的覺醒與精神的振奮。

辛亥革命前夜，魯迅回到祖國，先在杭州的浙江兩級師範學堂執教，擔任化學、生理學教員，後又回到故鄉紹興，擔任紹興府中學堂監學兼博物教員、山會初級師範學堂監督（校長）。他一方面教書育人，培養青年，一方面積極投身於辛亥革命。他領導故鄉文學團體「越社」，支持創辦《越鐸日報》。一九一二年初，魯迅應教育總長蔡元培之邀，赴南京臨時政府教育部任職，不久，隨教育部遷至北京，任社會教育司第一科科長，同時先後受聘於北京大學、北京高等師範學校、北京女子高等師範學校等一些高等院校，擔任校外兼職講師。

俄國十月革命勝利後，魯迅深受鼓舞，與李大釗、陳獨秀等當時許多先進知識分子一起，寫文章，辦雜誌，揭開了中國五四運動的序幕。他站在反帝反封建的前列，積極提倡新文化、新思想、新道德，猛烈抨擊幾千年來的舊文化、舊思想、舊道德。一九一八年，他發表了我國現代文學史上第一篇白話小說《狂人日記》，小說通過象徵的藝術手法，無情地揭露了中國幾千年封建社會吃人的本質，強烈地控訴了封建禮教和封建宗法制度的罪惡。此後，魯迅「一發而不可收」，以徹底的不妥協的姿態，創作了《孔乙己》、《藥》、《阿Q正傳》等許多小說和大量雜文、隨筆、評論，從而成爲五四運動的先驅和中國現代文學的奠基人。

一九二六年夏，魯迅離開北洋軍閥盤踞的北京，南下廈門，擔任廈門大學中國文學系教授，同時兼任國學院教授。一九二七年，魯迅又轉赴當時的革命中心廣州，擔任了中山大學中文系主任，同時兼任教務主任，一邊從事教育和文學創作，一邊投入新的戰鬥。同年四月，反革命政變發生，魯迅經受了腥風血雨的考驗，因營救學生無果，憤而辭職。在血的教訓面前，魯迅早年形成的社會發展觀發生了深刻的變化，他嚴厲解剖自己的思想，糾正了過去只信進化論的「偏頗」，從此，他的思想發展進入了一個嶄新的起點。

十九世紀二〇年代中期，參與創辦《莽原》周刊、《語絲》周刊和文學社團末名社。一九二七年初到廣州中山大學任文學系主任兼教務主任。一九二七年八月到廈門大學任教授。

一九二七年十月，魯迅到了上海，從此定居下來，集中精力從事革命文藝運動。一九二八年與郁達夫創辦《奔流》雜誌。一九三〇年，中國左翼作家聯盟成立，他是發起人之一，也是主要領導人，曾先後主編《萌芽》、《前哨》、《十字街頭》、《譯文》等重要文學期刊。他參加和領導了中國左翼作家聯盟、中國自由運動大同盟和中國民權保障同盟等許多革命社團。他主編《前哨》、《奔流》、《萌芽月刊》等許多刊物，團結和領導廣大革命的、進步的文藝工作者，與帝國主義、封建主義和國民黨政府及其御用文人進行針鋒相對的鬥爭。

一九三六年十月十九日，魯迅在上海大陸新村寓所與世長辭，終年五十六歲。

魯迅寫過一首《自嘲》詩，其中有兩句爲「橫眉冷對千夫指，俯首甘爲孺子牛」，這是他一生的眞實寫照。

魯迅一生寫下了八百多萬字的著譯，他的《吶喊》、《彷徨》、《野草》、《朝花夕拾》等許多作品一版再版，被翻譯成英、俄、德、法、日、世界語等多種文字，飲譽全球。

魯迅年譜

• **一八八一年一歲** 八月初三（公歷九月二十五日），生於浙江紹興城內東昌坊口。姓周名樹人，字豫纔，小名樟壽。

• **一八八六年六歲** 是年入塾，從叔祖玉田先生初誦《鑒略》。其五、六歲時，宗黨皆呼之曰「胡羊尾巴」。譽其小而靈活也。

• **一八八八年八歲** 十一月，以妹端生十月即夭，當其病篤時，先生在屋隅暗泣，母太夫人詢其何故，答曰：「爲妹妹啦。」是歲一日，本家長輩相聚推牌九，父伯宜亦與焉。先生在旁默視，從伯慰農先生因詢之曰：「汝願何人得贏？」先生立即對曰：「願大家均贏。」

• **一八九二年十二歲** 正月，往三味書屋從壽鏡吾先生懷鑒讀。在塾中，喜乘閑描畫，並搜集圖畫，而對於二十四孝圖之「老萊娛親」、「郭巨埋兒」獨生反感。先生外家爲安橋頭魯姓，聚族而居，幼時常隨母太夫人前往，在鄉村與大自然相接觸，影響甚大。

《社戲》中所描寫者，皆安橋頭一帶之景色，時正十一、二歲也。外家後遷皇甫莊、小皋步等處。十二月三十日曾祖母戴太君卒，年七十九。

- **一八九三年十三歲**　三月祖父介孚公丁優，自北京歸。秋，介孚公因事下獄，父伯宜公又抱重病，家產中落，出入於質鋪及藥店者累年。
- **一八九六年十六歲**　九月初六日父伯宜公卒，年三十七。父卒後，家境益艱。
- **一八九八年十八歲**　閏三月，往南京考入江南水師學堂。
- **一八九九年十九歲**　正月，改入江南陸師學堂附設路礦學堂，對於功課並不溫習，而每逢考試輒列前茅。課餘輒讀譯本新書，尤好小說，時或外出騎馬。
- **一九〇一年二十一歲**　十二月，路礦學堂畢業。
- **一九〇二年二十二歲**　二月，由江南督練公所派赴日本留學，入東京弘文學院。課餘喜讀哲學與文藝之書，尤注意於人性及國民性問題。
- **一九〇三年二十三歲**　是年為《浙江潮》雜誌撰文。秋，譯《月界旅行》畢。
- **一九〇四年二十四歲**　六月初一日，祖父介孚公卒，年六十八。八月，往仙臺入醫學專門學校肄業。
- **一九〇六年二十六歲**　六月回家，與山陰朱女士結婚。同月，再次赴日本，在東京研究文藝，中止學醫。

- **一九〇七年二十七歲**　是年夏，擬創辦文藝雜誌，名曰《新生》，以費絀未印，後爲《河南》雜誌撰文。
- **一九〇八年二十八歲**　是年從章太炎先生炳麟學，爲『光復會』會員，並與二弟作人譯域外小說。
- **一九〇九年二十九歲**　是年輯印《域外小說集》二冊。六月歸國，任浙江兩級師範學堂生理學化學教員。
- **一九一〇年三十歲**　四月初五日祖母蔣太君卒，年六十九。八月，任紹興中學堂教員兼監學。
- **一九一一年三十一歲**　九月紹興光復，任紹興師範學校校長。冬，寫成第一篇試作小說《懷舊》，閱二年始發表於《小說月報》第四卷第一號。
- **一九一二年三十二歲**　一月一日，臨時政府成立於南京，應教育總長蔡元培之招，任教育部部員。五月，航海抵北京，住宣武門外南半截胡同紹興會館藤花館，任教育部社會教育司第一科科長。八月任命爲教育部僉事。是月公餘纂輯謝承《後漢書》。
- **一九一三年三十三歲**　六月，請假由油浦路回家省親，八月，由海道返京。十月，公餘校《嵇康集》。
- **一九一四年三十四歲**　是年公餘研究佛經。

● **一九一五年三十五歲**　一月輯成《會稽郡故書雜集》一冊，用二弟作人名印行。同月刻《百喻經》成。是年公餘喜搜集並研究金石拓本。

● **一九一六年三十六歲**　五月，移居會館補樹書屋。十二月，請假由油浦路歸省。是年仍搜集研究造象及墓志拓本。

● **一九一七年三十七歲**　一月初，返北京。七月初，因張勛復辟亂作，憤而離職，同月亂平即返部。是年仍搜集研究拓本。

● **一九一八年三十八歲**　自四月開始創作以後，源源不絕，其第一篇小說《狂人日記》，以魯迅爲筆名，載在《新青年》第四卷第五號，掊擊家族制度與禮教之弊害，實爲文學革命思想之急先鋒。是年仍搜集研究拓本。

● **一九一九年三十九歲**　一月發表關於愛情之意見，題曰《隨感錄四十》，載在《新青年》第六卷第一號，後收入雜感錄《熱風》。八月，買公用庫八道灣屋成，十月發表關於改革家庭與解放子女之意見，題曰《我們現在怎樣做父親》，載《新青年》第六卷第六號，後收入論文集《墳》。十一月修繕之事略備，與二弟作人俱移入。十二月請假經浦路歸省，奉母偕三弟建人來京。是年仍搜集研究拓本。

● **一九二〇年四十歲**　一月，譯成日本武者小路實篤著戲曲《一個青年的夢》。十月，譯成俄國阿爾志跋綏夫著小說《工人綏惠略夫》。是年秋季起，兼任北京大學及北京高等師範學校講師。是年仍研究金石拓本。

● **一九二一年四十一歲** 二、三月又校《嵇康集》。仍兼任北京大學，北京高等師範學校講師。

● **一九二二年四十二歲** 二月又校《嵇康集》。五月譯成俄國愛羅先珂著童話劇《桃色的雲》。仍兼任北京大學，北京高等師範學校講師。

● **一九二三年四十三歲** 八月遷居磚塔胡同六十一號。九月小說第一集《吶喊》印成。十二月買阜成門內西三條胡同二十一號屋。同月，《中國小說史略》上卷印成。是年秋起，兼任北京大學，北京師範大學，北京女子高等師範學校及世界語專門學校講師。

● **一九二四年四十四歲** 五月，移居西三條胡同新屋。六月，《中國小說史略》下卷印成。同月又校《嵇康集》，並撰校正序。七月住西安講演，八月返京。十月譯成日本廚川白村著論文《苦悶的象徵》。仍兼任北京大學，北京師範大學，北京女子高等師範學校及世界語專門學校講師。是年冬為《語絲》周刊撰文。

● **一九二五年四十五歲** 八月，因教育總長章士釗非法解散北京女子師範大學，先生與多數教職員有校務維持會之組織，被章士釗違法免職。十一月，雜感第一集《熱風》印成。十二月，譯成日本廚川白村著《出了象牙之塔》。是年仍為《語絲》撰文，並編輯《國民新報》副刊及《莽原》雜誌。是年秋起，兼任北京大學，北京女子師範大學，中國大學講師，黎明中學教員。

• **一九二六年四十六歲**　一月女子師範大學恢復，新校長易培基就職，先生始卸卻職責。同月教育部僉事恢復，到部任事。三月，『三一八』慘案後，避難入山本醫院，德國醫院，法國醫院等，至五月始回寓。七月起，逐日往中央公園，與齊宗頤同譯《小約翰》。八月底，離北京向廈門，任廈門大學文科教授。九月《彷徨》印成。十二月因不滿於學校，辭職。

• **一九二七年四十七歲**　一月至廣州，任中山大學文學系主任兼教務主任。二月往香港演說，題為：《無聲的中國》，次日演題：《老調子已經唱完！》。三月黃花節，往嶺南大學講演。同日移居白雲樓。四月至黃埔政治學校講演。十五日，赴中山大學各主任緊急會議，營救被捕學生，無效，辭職。七月演講於知用中學，及市教育局主持之「學術講演會」，題目為《讀書雜談》，《魏晉風度及文章與藥及酒之關係》。八月開始編纂《唐宋傳奇集》。同月《野草》印成。八日，移寓景雲裡二十三號，與番禺許廣平女士同居。十月抵上海。滬上學界，聞先生至，紛紛請往講演，如勞動大學，立達學園，復旦大學，暨南大學，大夏大學，中華大學，光華大學等。十二月應大學院院長蔡元培之聘，任特約著作員。同月《唐宋傳奇集》上冊出版。

• **一九二八年四十八歲**　二月《小約翰》印成。同月為《北新月刊》譯《近代美術潮論》，及《語絲》編輯。《唐宋傳奇集》下冊印成。五月往江灣實驗中學講演，題曰：《老而不死論》。六月《思想．山水．人物》譯本出。《奔流》創刊號出版。十一月短評《而已集》印成。

- **一九二九年四十九歲** 一月與王方仁，崔眞吾，柔石等合資印刷文藝書籍及木刻《藝苑朝花》，簡稱「朝花社」。五月《壁下譯叢》印成。同月十三，北上省親。並應燕京大學，北京大學，第二師範學院，第一師範學院等校講演。六月五日回抵滬上。同月盧那卡爾斯基作《藝術論》譯成出版。九月二十七日晨，生一男。十月一日名孩子曰海嬰。同月爲柔石校訂中篇小說《二月》。同月盧那卡爾斯基作《文藝與批評》譯本印成。十二月往暨南大學講演。
- **一九三〇年五十歲** 一月朝花社告終。同月與友人合編《萌芽》月刊出版。開始譯《毀滅》。二月『自由大同盟』開成立會。三月二日參加「左翼作家連盟成立會」。此時浙江省黨部呈請通緝「反動文人魯迅」。「自由大同盟」被嚴壓，先生離寓避難。同時牙齒腫痛，全行撥去，易以義齒。四月回寓。與神州光社訂約編譯《現代文藝叢書》。五月十二日遷入北四川路樓寓。八月往「夏期文藝講習會」講演。同月譯雅各武萊夫長篇小說《十月》訖。九月爲賀非校訂《靜靜的頓河》畢，過勞發熱。同月十七日，在荷蘭西菜室，赴數友發起之先生五十歲紀念會。十月四、五兩日，與內山完造同開『版畫展覽會』於北四川路『購買組合』第一店樓上。同月譯《藥用植物》訖。十一月修正《中國小說史略》。

• **一九三一年五十一歲**　一月二十日柔石被逮，先生離寓避難。二月梅斐爾德《士敏土之圖》印成。同月二十八日回舊寓。三月，先生主持「左聯」機關雜誌《前哨》出版。四月往同文書院講演，題爲：《流氓與文學》。六月往日人「婦女之友會」講演。七月爲增田涉講解《中國小說史略》全部畢。同月往「社會科學研究會」演講《上海文藝之一瞥》。八月十七日請內山嘉吉君教學生木刻術，先生親自翻譯，至二十二日畢。二十四日爲一八藝社木刻部講演。十一月校《嵇康集》以涵芬樓景印宋本。同月《毀滅》制本成。十二月與友人合編《十字街頭》旬刊出版。

• **一九三二年五十二歲**　一月二十九日遇戰事，在火線中。次日避居內山書店。二月六日，由內山書店友人護送至英租界內山支店暫避。四月編一九二八及二九年短評，名曰：《三閑集》。編一九三〇年至三一年雜文，名曰：《二心集》。五月自錄譯著書目。九月編譯新俄小說家二十人集上冊訖，名曰：《豎琴》。編下冊訖，名曰：《一天的工作》。十月排印《兩地書》。十一月九日，因母病赴平。同月二十二日起，在北京大學，輔仁大學，北平大學，女子文理學院，師範大學，中國大學等校講演。

• **一九三三年五十三歲**　一月四日蔡元培函邀加入「民權保障同盟會」，被舉爲執行委員。二月十七日蔡元培函邀赴宋慶齡宅，歡迎蕭伯納。三月《魯迅自選集》出版於天馬書店。同月二十七日移書籍於狄思威路，稅屋存放。四月十一日遷居大陸新村九號。五月十三日至德國領事館爲「法西斯蒂」暴行遞抗議書。六月二十日楊銓被刺，往萬國殯儀館送殮。時有先生亦將不免之說，或阻其行，先生不顧，出不帶門匙，以示決絕。七月，《文學》月刊出版，先生爲同人之一。十月先生編序之《一個人的受難》木刻連環圖印成。同月「木刻展覽會」假千愛裡開會。又短評集《僞自由書》印成。

• **一九三四年五十四歲**　一月《北平箋譜》出版。三月校雜文《南腔北調集》，同月印成。五月，先生編序之木刻《引玉集》出版。八月編《譯文》創刊號。同月二十三日，因熟識者被逮，離寓避難。十月《木刻紀程》印成。十二月十四夜脊肉作痛，盜汗。病後大瘦，義齒與齒齦不合。同月短評集《准風月談》出版。

• **一九三五年五十五歲**　一月譯蘇聯班臺萊夫童話《表》畢。二月開始譯果戈裡《死魂靈》。四月《十竹齋箋譜》第一冊印成。六月編選《新文學大系》小說二集並作導言畢，印成。九月高爾基作《俄羅斯的童話》譯本印成。十二月編瞿秋白遺著《海上述林》上卷。十一月續寫《故事新編》。十二月整理《死魂靈百圖》木刻本，並作序。

• **一九三六年五十六歲**　一月肩及脅均大痛。同月二十日與友協辦之《海燕》半月刊出版。又校《故事新編》畢，即出書。二月開始續譯《死魂靈》第二部。三月二日下午驟然氣喘。四月七日往良友公司，爲之選定《蘇聯版畫》。同月編《海上述林》下卷。五月十五日再起病，醫雲胃疾，自後發熱未愈，三十一日，史沫特黎女士引美國鄧醫生來診斷，病甚危。六月，從委頓中漸癒，稍能坐立誦讀。可略作數十字。同月，病中答訪問者O.V.《論現在我們的文學運動》。又《花邊文學》印成。七月，先生編印之《凱綏·珂勒惠支版畫選集》出版。八月，痰中見血。爲《中流》創刊號作小文。十月，體重八十八磅，較八月一日增約二磅。契訶夫作《壞孩子和別的奇聞》譯本印成。能偶出看電影及訪友小坐。十月八日往青年會觀第二回「全國木刻流動展覽會」。十月十七日出訪日本友人鹿地亙及內山完造。十月十八日未明前疾作，氣喘不止。十月十九日上午五時二十五分逝世。

〈全書終〉

國家圖書館出版品預行編目資料

祝 福／魯迅／著；-- 修訂二刷 . --
臺北市深坑鄉：新潮社， 2013.08
面； 公分 . --

ISBN 978-986-316-363-3（平裝）

857.63 102012280

祝 福

魯迅／著 2013年8月／修訂二版

〈代理商〉
聯合發行股份有限公司
新北市新店區寶橋路235巷6弄6號2樓
電話（02）2917-8022＊傳真（02）2915-6275

〈企劃〉

〔出版人〕林 郁
〔出版者〕新潮社文化事業有限公司
〔總管理處〕新北市深坑區北深路三段141巷24號4F（東南大學正對面）
電話（02）2664-2511＊傳真（02）2662-4655／2664-8448
〔E-mail〕editor@xcsbook.com.tw
〔印前〕東豪印刷事業有限公司

Printed in TAIWAN

ISBN 978-986-316-363-3